AF503211

SUIVRA IMMÉDIATEMENT

SAINT-EVE & CIE

AUTRE ÉPISODE DE

ANGES ET DÉMONS

10 Centimes la Livraison. ANGES ET DÉMONS 50 Centimes la Série.

SAINT-EVE & CIE

PAR

JULES BOULABERT

A. DEGORCE-CADOT, ÉDITEUR, 9, RUE DE VERNEUIL, PARIS

LECTURE ILL. 135. *Anges et Démons.* XXVII.

SAINT-EVE & CIE

I

L'hôtel des Trois-Piliers, en 1830, était, à Château-Renaud, une grande maison, ayant une
façade si étendue, relativement à la hauteur de la
construction, qu'on l'eut volontiers prise pour une
vaste grange, ou pour les communs d'une ferme;
là se trouvaient les écuries de la poste aux chevaux.

En partant de Tours, se rendant à Paris, Château-
Renaud, par Vendôme et Blois, était un relai
important, sur la route royale qui, bon an mal
an, voyait passer près de 8,000 voyageurs. Nous ne
parlons que des gens roulant en chaise de poste,
payant le troisième cheval, cheval qui, n'existant
pas, n'était qu'un revolver de plus mis sur la
bourse du voyageur.

Tout maître de poste (ceux des grandes villes à
part) était alors fermier, aubergiste et tant soit
peu vétérinaire, maquignon, maréchal, marchand
de grain, etc... En Touraine (le jardin de la France)
ils étaient tous aubergistes; et l'on peut dire
qu'ils tenaient les meilleurs hôtels des localités
où ils se trouvaient; dans les pays des *bons crus*, tel
que Trau, Beaugency, les plus madrés de ces
maîtres de poste étaient marchands de vins en
gros.

Tous ces négoces, exercés avec ou sans brevet,
nécessitaient un certain emplacement. La poste,
l'auberge, la maréchalerie, la vinée, la ferme et
toutes leurs dépendances, dans certaines localités,
occupaient presque les trois quarts du pays, et en
employaient une partie des habitants.

Le maître de poste s'appelait Claude et il était
riche.

La source de sa fortune?.. nous y remonterons
plus tard... Elle ne sera pas aussi difficile à découvrir que les sources du Nil...

Claude, en homme intelligent, avait su barrica-
der sa maison et sa vie :

En avant, sur la rue, il avait placé ses écuries,
étables et bergerie, qui jetaient aux yeux de tous
l'importance de sa fortune et la valeur de son cré-

dit. Au centre était une immense porte charretière
enjolivée d'une potence crémaillère en fer qui sup-
portait une plaque de tôle d'un mètre carré sur
laquelle on lisait avec peine cette enseigne à demi
effacée :

Hôtel des Trois-Piliers.

L'habit ne fait pas le moine, dit le proverbe. Si
l'enseigne de maître Claude avait été maltraitée
par le temps, l'on faisait chez lui bonne chère.
On y trouvait, disait-la chronique : bon visage,
bon feu, bonne table, bon vin, bon lit; et, le lendemain d'une nuit de fatigue, de bons chevaux,
qui aidaient le voyageur à rattraper le temps
perdu (comme si le temps perdu se rattrapait
jamais).

Après avoir franchi la porte que nous venons de
signaler, on se trouvait dans une grande cour car-
rée, garnie de hauts murs, tapissée d'un fumier, qui
ressemblait, par sa propreté, à un tas de paille
fraîche et affaissée, sur lequel gloussait, chantait,
criait, pépillait, roucoulait tout un essaim de
volatiles.

En face de soi, se dressait, carré, régulier et
bâti en pierres, l'hôtel de maître Claude, celui qui
justifiait l'enseigne.

Élevé de deux étages sur rez-de-chaussée, c'était
une construction naïve par l'architecture, simple,
et cependant d'un aspect assez imposant.

Un cube vide en maçonnerie, traversé par un
vestibule, qui, suivant la ligne de la porte charretière, conduisait aux terrains réservés à l'habitation particulière du propriétaire de la poste aux
chevaux.

Cette habitation, un patit pavillon, était cons-
truite à dix pas derrière l'auberge, qui, quand on
entrait sur l'exploitation, par la grande porte charretière, la masquait complètement. A gauche, mais
au fond de l'*enclos*, qui pouvait avoir une superficie
de deux hectares, se trouvait un quatrième corps
de bâtiments, la métairie, qui servait seulement à
l'exploitation agricole.

Claude avait alors cinquante-neuf ans, c'était
un homme sec, de haute taille, paraissant doué

d'une force musculaire peu commune. Son visage s'alliait à la fourberie de son caractère, c'était comme un masque impénétrable, au front bas et fuyant, aux yeux mobiles, aux lèvres minces, au nez crochu en bec de perroquet. Claude parlait peu, seulement pour donner ses ordres, ce qu'il faisait d'une voix grave et d'un ton bref. A première vue, il paraissait fier, dur et arrogant avec ses domestiques. Cependant ceux-ci affirmaient qu'il était sévère et juste.

Tout le monde, dans le pays, savait qu'il avait été longtemps domestique de confiance chez M. Noël, au service duquel on supposait qu'il s'était enrichi.

L'avant-veille du jour où commence ce récit (le 20 avril 1830) Claude avait reçu une lettre ainsi conçue :

« CLAUDE,

« J'ai quitté Paris hier, j'arriverai demain à Château-Renaud. Je vous prie de venir au-devant de moi, jusqu'à Tours.

« DE SAINT-EVE. »

Le maître de poste s'était empressé de faire ce que lui disait son noble correspondant. Il était sur-le-champ parti pour Tours, d'où il avait ramené M. de Saint-Eve ou plutot M. de Pierrefond.

Aussitôt que ce dernier avait été installé dans la meilleure chambre de l'hôtel, il avait fait appeler le maître de poste, s'était enfermé avec lui, afin de causer d'affaires. L'entrevue avait bien duré deux heures. Le soir même, vers onze heures, M. de Saint-Eve était sorti, à dix heures du soir, et n'était rentré qu'à deux heures du matin.

Il était allé à son rendez-vous avec Gaspard, dans les bois du château de Granchamp.

Le lendemain, à dix heures du matin, M. de Saint-Eve achevait de s'habiller, quand on frappa à sa porte.

— Entrez, dit-il.

Un homme de vingt-huit à trente ans pénétra aussitôt dans la chambre du voyageur.

— Ah ! c'est vous, Gaspard, dit le marquis en tendant la main au visiteur; allons, très bien, je vois que vous êtes exact, quand on vous donne un rendez-vous. Asseyez-vous là, nous allons causer.

M. Gaspard prit un siège, s'assit en face de son interlocuteur et attendit qu'il plût à celui-ci de commencer l'entretien.

M. de Saint-Eve avait alors soixante-cinq ans, mais les années n'avaient rien changé à son caractère envieux, cupide et haineux ; au reste, elles semblaient ne lui avoir rien retiré de son ambition et de sa fiévreuse activité. Petit, sec, jaune, chauve,

osseux, ridé, renfrogné, ce vieillard allait et trottinait toujours ; il remuait sans cesse. Sa figure de fouine s'éclairait d'un regard méchant et rusé, que dardait sa prunelle verte, brillant sous d'épais sourcils, composés de deux touffes épaisses de poils blanc, pâles et raides. Les mains de cet homme, à force d'être osseuses et sèches, paraissaient crochues et terminées par des griffes. On eût dit deux de ces inexorables rateaux, qui, dans les mains des croupiers de jeux de roulette, semblent faits pour aller chercher l'argent des joueurs jusque dans les profondeurs les plus mystérieuses de leurs poches.

M. de Saint-Eve était toujours tout de noir habillé, et n'avait fait aucun sacrifice à la mode ni au progrès. Il s'habillait, en 1830, absolument comme il s'habillait en 1815, alors que, réfugié dans le camp anglais, il s'arrangeait pour qu'à Waterloo nos troupes manquassent de pain. Il portait la culotte, les bas de soie, l'escarpin à boucles, l'habit au gigantesque collet et la cravate composée d'une pièce d'étoffe tout entière. Le costume traditionnel de cet homme se complétait par un bonnet de soie, qu'il ne quittait jamais.

La physionomie, par son expression, était vraiment intelligente. Qu'on se rappelle la figure de Rodin, de ce personnage si curieux qu'Eugène Sue a créé, dans son *Juif-Errant,* et on aura une idée parfaite de M. de Saint-Eve, physiquement parlant.

Si nous avons comparé ce dernier à Rodin, nous pouvons comparer Gaspard au sémillant vicomte de Saint-Rémy.

C'étaient la même grandeur, la même perfection de forme, la même beauté de visage. Même fierté, même arrogance, tout y était. Comme tout le monde connaît le peu délicat amant de la duchesse de Lucenay, nous n'ajouterons rien à notre comparaison, quant au portrait de Gaspard.

Au moral, ce dernier était un homme bien autrement dangereux que le vicomte, qui, somme toute, n'était qu'un viveur que son libertinage avait fait dévier de la ligne de l'honneur et de la probité.

Gaspard était plus intelligent, plus instruit, et surtout plus profond que le vicomte. Chez lui, rien de volage, nulle impulsion de premier mouvement; rien de bon, en un mot, ni dans le cœur, ni dans l'esprit. Dirigé, conseillé par Claude et Isaac, Gaspard était surtout dissimulé et hypocrite, ces deux défauts mis au service de son ambition effrénée et envieuse, qu'il tenait de son père, M. de Saint-Eve.

Gaspard ignorait encore les liens qui l'attachaient à ce dernier. Il se croyait seulement le fils naturel de M. Noël.

Tels étaient les deux hommes dont nous allons suivre la conversation.

Après un moment de réflexion, Isaac prit enfin la parole :

— Gaspard, dit-il, après avoir réfléchi à tout ce que vous m'avez dit cette nuit, j'ai compris que le moment était venu pour nous de changer votre position chez M. Noël. Il faut, en outre, que je vous avoue que votre disposition d'humeur sert admirablement nos projets, et rentre parfaitement dans nos intentions, qui sont de faire tomber entre vos mains les fortunes de M. Noël et de mademoiselle, à la condition, bien entendu, que, plus tard, vous partagerez ces fortunes avec ceux qui, depuis près de quarante ans, travaillent à vous les mettre dans la main.

— Comment, dit Gaspard, vous et d'autres vous travailliez à m'enrichir avant que je fusse né?

— Cela peut vous paraître singulier, répondit M. de Saint-Eve, mais cependant cela est. Je vais m'expliquer, au reste : la fortune de M. Noël s'élève, réunie à celle de mademoiselle Beaujeu, sa nièce, à dix ou douze millions environ. Cette fortune, il y a trente-six ans, c'est à dire en 1794, sans être aussi importante, s'élevait déjà à huit millions et n'appartenait qu'à une seule personne, à M. Noël, le père de celui que vous connaissez, le grand-père, par conséquent, de mademoiselle Beaujeu, que vous vous sentez si bien disposé à épouser. Eh bien, depuis 1794, je ne vous cacherai pas que moi et d'autres, madame de Saint-Fard et le marquis du Leste, dont je vous ai fait faire la connaissance à Paris, nous convoitons cette fortune et que nous avons tout fait pour nous l'approprier. Je vous ferai seulement observer que le marquis n'est devenu sérieusement notre complice qu'en 1815, quand il a été assez âgé pour nous comprendre et nous prêter un utile concours.

En 1794, M. Noël étant veuf, on pouvait espérer s'approprier sa fortune, par un mariage ; un hasard fit que ce mariage devint impossible avec madame de Saint-Fard, qui n'avait alors que vingt-quatre ans, était une des plus jolies femmes de Paris, et avait dû plaire à M. Noël père.

Celui-ci mourut, ou plutôt, car je vous connais assez pour vous avouer la vérité, il fut assassiné par nos agents. Lui mort, sa fortune passa entre les mains de son fils et de sa fille, ses héritiers naturels. La fille, nous pouvions facilement la faire mourir, de façon à ce que M. Noël, celui que vous connaissez, héritant d'elle, la fortune que nous convoitions se trouvât encore une fois en une seule main. Quant à M. Noël, c'était un brave et digne garçon, au cœur bon et généreux, de caractère naïf, droit, crédule et désintéressé, ne demandant qu'à se laisser prendre aux pipeaux de l'amour.

Madame de Saint-Fard fit alors très facilement sa conquête, et le mariage fut bientôt décidé. La jeune femme était enceinte, elle vous portait dans son sein, mais M. Noël n'était pour rien, absolument rien, dans cette grossesse compromettante.

— Alors M. Noël n'est pas mon père? demanda Gaspard.

— Pas plus que Gilbert n'est votre frère, et vous ne devez avoir aucun scrupule à leur jouer quelques mauvais tours.

— N'ayez aucune crainte à ce sujet, reprit Gaspard, en accompagnant sa phrase d'un mauvais sourire. Ce que je vous ai dit, cette nuit, dans les bois de Grandchamp, a dû vous convaincre de la nature de mes sentiments vis-à-vis de M. Noël et de Gilbert. Sous les apparences d'une vive amitié pour ce dernier et d'une profonde reconnaissance pour les bontés que son père a eues, dit-on, pour moi, mon cœur ulcéré renferme une haine inquiète et jalouse. Je dissimule, je m'efforce à dissimuler, mais, parfois, dans certains moments, surtout quand je suis témoin de l'amour de Gilbert et d'Alphonsine, sa cousine, que je comprends qu'ils seront heureux, sans que je puisse rien faire pour m'opposer à leur bonheur, je frémis de colère, de haine et d'indignation contre moi-même, je sens mon cœur déborder de fiel et d'amertume. Oh ! si vous saviez ce que c'est que l'envie et la jalousie, quand ces deux monstres vous martellent le cœur, vous déchirent l'âme et vous torturent l'esprit, sans merci ni trêve...!

— De ma vie, je n'ai vu que cela, dit tranquillement M. de Saint-Eve.

— Si vous saviez ce qu'il faut de soins, de force de volonté, pour dissimuler comme je le fais, pour feindre continuellement une foule de bons et beaux sentiments que je suis bien loin d'éprouver. Une telle position, et c'est la mienne, voyez-vous, c'est l'enfer sur la terre. Aussi, je vous le répète, il faut que d'une façon ou de l'autre tout cela change, que mon supplice finisse, devriez-vous pour atteindre ce but me prendre comme complice, et commettre de nouveaux crimes... Mais, de grâce, continuez votre récit ; dites-moi comment madame de Saint-Fard, ma mère, n'épousa pas M. Noël.

— Ce dernier était si épris, reprit M. de Saint-Eve, qu'il ne songea même pas à contester la légitimité de la paternité qu'on mettait à sa charge. Il avait confiance en sa maîtresse, il ne songea qu'à réparer la prétendue brèche qu'il avait faite à l'honneur de la jeune femme ; le mariage décidé, il fit dresser le contrat, par lequel il reconnaissait une forte dot à sa future, qui n'avait pas la moindre fortune.

On était à la veille du mariage, quand le futur

époux apprit toute la vérité sur le compte de mademoiselle de Saint-Fard.

Vous devez comprendre si la rupture fut prompte, M. Noël faillit en devenir fou.

Il ne se guérit de cette première passion qu'en se mariant. En 1802, il épousa la sœur de M. Beaujeu, qui, de son côté, et le même jour, épousa mademoiselle Noël.

Nos projets à madame de Saint-Fard et à moi étaient encore une fois déjoués. La fortune des Noëls, que nous avions touchée du doigt, nous échappait.

Cet échec, au lieu de nous rebuter et de lasser notre patience, ne fit que nous irriter et exciter notre ambitieuse envie. Cependant il nous fallait attendre; la prudence nous y forçait impérieusement. Une nouvelle enquête était sourdement dirigée contre les assassins de M. Noël père, l'un de nos complices était mort au bagne et avait parlé avant de mourir, M. Noël fils était sur ses gardes, et le capitaine Beaujeu était un rude champion qu'il nous semblait dangereux d'attaquer.

Madame de Saint-Fard et moi nous nous résignâmes à quitter la France. C'était ce que nous avions de mieux à faire; mais, avant de partir pour l'Angleterre, j'eus soin de vous mettre à la charge de M. Noël, et de faire entrer Claude chez ce dernier. Déjà à cette époque nous avions formé le projet de nous servir de vous, pour arriver à nous emparer de la fortune de M. Noël. C'est dans ce but que, par Claude, nous avons fait de vous ce que vous êtes.

En 1815, madame de Saint-Fard, le marquis du Leste et moi, les circonstances nous semblant favorables, nous nous remîmes à poursuivre l'exécution de nos projets. M. Noël vous avait pris en amitié, c'était le point important pour nous. Nous reprimes notre vieille idée de marier M. Noël et votre mère.

Pour que la chose fût possible, il fallait que M. Noël devînt veuf et qu'il fût privé de son beau frère, le colonel Beaujeu, qui l'eût empéché de se remarier. Le colonel fut assassiné à Waterloo, et sa sœur, madame Noël, fut empoisonnée quelques mois après.

L'avenir devenait splendide pour nous, M. Noël pouvait être ramené à ses premières amours. J'espérais même le contraindre à épouser votre mère et à vous reconnaître pour son fils, ce qui vous conduisait à épouser plus tard mademoiselle Alphonsine et sa fortune.

— Mais comment, demanda Gaspard, aviez-vous pu contraindre M. Noël à accomplir les deux actes que vous venez de dire.

— En lui enlevant son fils Gilbert, et en ne lui rendant que les deux actes une fois accompli, répondit M. de Saint-Eve sans sourciller.

— Je comprends ce projet ingénieux, dit Gaspard avec un sang-froid qui trahissait tout l'égoïsme de son caractère. Quelles sont les raisons qui le firent échouer ?

— M. Noël, je ne sais comment, eut sans doute vent de nos desseins sur lui, répondit M. de Saint-Eve; toujours est-il qu'il fit disparaître son fils, et que nous fûmes treize ans sans savoir ce que celui-ci était devenu.

Voici comment, mon cher monsieur, nous faisons depuis trente-six ans des efforts de toute nature pour nous approprier la fortune que vous allez nous aider à faire entrer dans nos coffres, et que vous partagerez avec nous.

— Vous en parlez à votre aise, et comme si la chose était déjà faite, dit Gaspard.

— Rien n'est plus facile, et le moment ne peut être plus favorable pour agir, répondit Isaac.

— Expliquez-vous au moins, dit Gaspard.

— Depuis deux ans, reprit M. de Saint-Eve, M. Noël, peu après avoir perdu sa sœur, une mort dans laquelle nous ne sommes pour rien, vous a fait revenir à Grandchamp, Gilbert et vous, sans doute afin de s'entourer de toutes les affections qui, selon lui, devaient lui faire trouver la vieillesse supportable. Depuis votre retour à Grandchamp, vous conformant aux instructions que nous vous donnions, dans votre intérêt et dans le nôtre, votre conduite a été d'une rare habileté; à force de dissimulation et d'hypocrisie, vous avez amené les choses au point où il fallait qu'elles soient pour que nous puissions agir.

Aujourd'hui, M. Noël vous aime beaucoup, Gilbert vous considère presque comme un frère. Le premier vous a confié la direction de son usine de Château-Renaud, avec l'intention bien évidente de vous associer à son fils, quand celui-ci sera marié et que lui-même quittera les affaires. Maintenant, comment êtes vous avec Alphonsine ?

— Oh ! mon Dieu, très bien, répondit Gaspard; elle a la plus grande confiance dans l'amitié et le dévouement que j'affecte pour M. Noël et son fils, tant que je saurai lui cacher la tempête que ses beaux yeux ont allumée dans mon cœur, il en sera ainsi.

— Vous l'aimez donc sérieusement ?

— Je ne crois pas.

— Comment, vous ne croyez pas ?

— Non, je ne crois l'aimer que parce qu'elle aime Gilbert.

— Ah ! je comprends, dit M. de Saint-Eve, vous enviez le bonheur de ce dernier.

— Oui, dit Gaspard, dont le regard brilla d'un éclair de haine ; et je saurai bien m'arranger, sauf à me faire du tort à moi-même, pour empêcher Gilbert d'être heureux, comme il l'espère.

— Bravo ! Bravo ! Gaspard ; dit M. de Saint-Eve. Voilà qui est parlé. Allons, je vois que vous nourrissez une petite haine assez bien conditionnée contre tous ces gens-là. Maintenant, avez-vous suivi les instructions que je vous ai fait transmettre par Claude, votre premier mentor !

— Oui, et je n'ai pas eu grand'peine à m'y conformer.

— Ainsi tout le monde est convaincu à Grandchamp que vous avez le spleen ?

— A peu près.

— Et vous vous êtes arrangé de façon à faire supposer que c'était la vie nauséabonde de province qui vous plongeait dans cet état de nostalgie ?

— Oui, j'ai laissé deviner que je désirais, ayant fait mon droit avec succès, continuer mes études à Paris.

— Très bien.

— Et que pensent ces messieurs de cette ambition d'être avocat ou procureur ? demanda M. de Saint-Eve en souriant.

— Ils m'approuvent, pardieu ! M. Noël n'est pas homme à contrarier la vocation de personne.

— Et Gilbert ? demanda le vieillard.

— Gilbert.... répéta Gaspard, comme s'il n'avait pas compris l'interrogation de son interlocuteur.

Oui, Gilbert qui n'a jamais été à Paris ? reprit M. de Saint-Eve,

— Eh bien, M. Noël lui a déjà proposé de m'accompagner, convaincu, d'après mes allures sérieuses, que son fils trouverait en moi un guide sage et un ami sincère.

— Ah ! nous y sommes donc ! dit M. de Saint-Eve, avec un joyeux empressement ; il faut que Gilbert vienne à Paris. Si vous parvenez à l'y amener, je vous promets la fortune de M. Noël et la main de la divine Alphonsine.

— Comment cela ? dit Gilbert.

— Vous ne comprenez pas. Ah ! c'est vrai, vous ne pouvez deviner que M. du Leste, notre ami le marquis, est, depuis dix ans, le plus habile des spadassins de Paris.

II

MESSIEURS NOËL, PÈRE ET FILS

La conversation des deux complices continua longtemps encore sur le même ton et sur le même sujet.

Nous ne la suivrons pas. Il est temps de conduire le lecteur au château de Granchamp, résidence de M. Noël.

Depuis 1817, cette magnifique propriété n'avait subi aucun changement notable. Les arbres, plantés par M. Noël, le créateur de ce domaine, avaient seulement grandi et pris du développement. Il y avait toujours le château, la ferme et le moulin ; les jardins, le parc, la prairie, les terres arables et le vignoble ; l'étang, les rivières, la chute d'eau et la garenne.

M. Noël, depuis 1817, n'avait guère quitté sa propriété. Il s'y plaisait quoi qu'elle lui rappelât plus d'un événement terrible, plus de jours de chagrin que de jour de joie ; car l'existence de M. Noël n'avait pas été toujours heureuse.

C'était à Granchamp que son père avait été assassiné, que sa femme avait été empoisonnée, qu'il avait appris la mort de son meilleur ami, le colonel Beaujeu ; et qu'enfin, en 1826, il avait perdu sa femme.

Malgré tous les tristes souvenirs que lui rappelait Granchamp, l'industriel millionnaire aimait cette propriété ; c'était là que s'était écoulée son enfance si heureuse. C'était là que, de 1802 à 1815, marié à la plus douce et à la meilleure des femmes, il avait été le plus heureux des hommes. C'était à Granchamp, dans une petite chapelle qu'il avait fait construire au milieu de l'étang, que reposaient les restes de son père, de sa femme et de sa sœur ; c'était là qu'il espérait mourir !...

Mieux encore, c'était à Granchamp que M. Noël se trouvait entouré de sa grande famille, dont tous les habitants de la commune étaient membres, car M. Noël était un bon riche, un cœur désintéressé surtout ; jamais sa main ne s'était fermée. Imitant son père en cela, il avait toujours agi, même en étendant ses bienfaits, sur tous les nécessiteux du département, comme s'il eût considéré sa fortune comme un dépôt précieux, dont il devait partager les intérêts entre tous ceux que le malheur ou la misère courbaient sous un fardeau inexorable.

Ses nombreux chagrins, au lieu de l'aigrir, l'avaient, en le détachant du monde, rendu plus simple, plus économe et partant plus charitable. Ce qu'il avait retranché de son luxe avait augmenté d'autant le chiffre de ses libéralités.

M. Noël, qui avait cinq cent mille francs de revenu, qui gagnait presque autant par son commerce, qu'il faisait sur une grande échelle, dépensait à peine vingt mille francs pour lui et sa famille; qu'on juge du bien que cet homme pouvait faire !...

Dans l'évaluation de sa fortune, nous avons compris celle de sa nièce, mademoiselle Alphonsine Beaujeu, dont il était tuteur. Ces fortunes, même du vivant de M. Beaujeu et de sa femme, sœur de M. Noël, n'avaient jamais été réellement partagées. Elles ne l'étaient point encore. L'industriel disait à ce sujet :

« Du chef de sa mère, Alphonsine a droit à la moitié de tout ce que je possède; quant à la fortune des Beaujeu, elle la partage également avec Gilbert, son cousin germain; de sorte que ces enfants sont ou seront, à un sou près, aussi riches l'un que l'autre. »

On comprend avec quel bonheur M. Noël avait vu naître le penchant réciproque de son fils et de sa nièce. Cette petite passion, au reste, ne semblait être un secret pour personne; tout le monde, depuis le retour de Gilbert à Granchamp, avait compris qu'Alphonsine et Gilbert ne se marieraient jamais qu'ensemble.

Revenons à M. Noël et à la façon dont il usait de ses revenus :

L'écrivain éprouve un certain plaisir à arrêter sa plume sur de semblables détails, surtout quand pendant longtemps avant de peindre et de flétrir certaines passions : les vices, les faiblesses de la nature humaine, il a été forcé d'enregistrer, d'expliquer, de raconter, dans tous leurs détails, des forfaits, des crimes aussi hideux, aussi écœurants que ceux déjà commis par la Saint Fard et Isaac de Pierrefond, aujourd'hui M. de Saint-Eve.

La sollicitude de l'homme bienfaisant dont nous parlons s'était étendue à tout et sur tout.

Si son argent avait donné du pain et le reste à la veuve et à l'orphelin de l'ouvrier et du laboureur besogneux; s'il avait relevé des chaumières abattues par la foudre ou l'incendie; s'il avait remédié aux ravages de l'inondation, et édifié une sorte d'hospice pour les infirmes, les vieillards et les voyageurs, qui n'ont d'autres ressources que de mendier le long de leur chemin, il avait également pour les gens de la localité créé une école et fait construire des ponts et des routes.

A Château-Renaud, M. Noël était le bienfaiteur de ses ouvriers et le père de ses apprentis. Il ne souffrait pas que ces derniers lui *donnassent tant ou tant d'années de leur temps*, pour qu'il leur fît en échange, apprendre leur état. Il voulait qu'ils fussent tous payés, suivant leurs moyens. De cette façon ces enfants n'étaient pas complètement à la charge de leurs parents, souvent de pauvres gens.

Dans les ateliers, comme aux champs, M. Noël était l'arbitre de tous les différends, et la justice, peu coûteuse, rendait des jugements sans appels, auxquels les parties se soumettaient toujours avec respect.

On comprendra la satisfaction qu'il avait à vivre dans un pays sur lequel il étendait ses bienfaits, et la solidité des liens qui semblaient l'attacher, pour la vie, à son château de Grandchamp.

Cependant, en 1817, sa femme et son beau-frère étant morts; quand il avait été convaincu que l'une était morte empoisonnée, et que l'autre avait été assassiné, par les meurtriers de son père, à lui, il avait craint que ces misérables, qui ne reculaient devant aucun crime, ne s'attaquassent à son fils Gilbert.

Sous l'empire de cette terrible appréhension, quoiqu'il aimât son fils à l'adoration, et qu'il lui fût très pénible de se séparer de lui, M. Noël n'hésita pas un instant à l'éloigner de Grandchamp.

N'ayant fait part de ses intentions qu'à sa sœur, il avait à l'insu de tous, et le plus mystérieusement possible, conduit son fils à Brest, ou il l'avait confié à son vieil ami, l'aumônier du bagne, à qui il fit une confidence complète de ses chagrins et de ses craintes.

Gilbert avait alors treize ans, le vieux prêtre était un érudit parfaitement apte à remplir la mission que lui confiait M. Noël. Cependant, et se conformant en cela aux instructions du père, il s'attacha moins à faire de son élève un savant qu'un homme de cœur, et s'étudia surtout à développer les bons sentiments qui étaient en germe dans le cœur de l'enfant.

Cette tâche n'eut rien de pénible pour lui. Gilbert ressemblait de caractère à son père et à sa mère.

C'était une bonne et franche nature que la sienne. Il était bon, affable, généreux et surtout loyal. Son âme droite ne comprenait pas le mensonge, et c'était à peine s'il croyait à la dissimulation.

Avec les années, ces précieuses qualités se développèrent en lui, mais précisément à cause de cela, et par sa nature confiante, le fils de M. Noël n'était nullement en garde contre la méchanceté de ses ennemis. Il en avait déjà, et des ennemis d'autant plus dangereux qu'il ne les connaissait pas et que personne ne pouvait lui dire : « Les voici. » Point n'est besoin de les nommer.

Gilbert voyait son père et sa tante, tous les ans,

Le père et le fils causaient. (Page 10.)

soit à Paris, à Londres, en Allemagne ou ailleurs. M. Noël, se croyant épier par ses ennemis, prenait les mesures les plus minutieuses pour déjouer leur espionnage, et ne point leur faire connaître, par une maladresse, l'endroit ou il avait placé son enfant.

Bien secondé par sa sœur, l'aumônier et les deux grognards de Waterloo, qu'il avait toujours à son service, il était parvenu à tromper la surveillance de Claude, l'agent secret à Grandchamp de l'association Saint-Eve et Cie. Quand Gilbert, à vingt ans, avait eu terminé ses études, M. Noël l'avait fait voyager. Le jeune homme avait eu deux compagnons dignes de lui : l'aumônier retraité, qui s'était presque senti rajeunir, à l'idée d'accompagner son élève, dont il ne voulait point se séparer, et Gibon, l'ex-sergent de la vieille garde, qui avait presque été l'ami du colonel Beaujeu.

Gilbert avait voyagé près de six ans, et n'était revenu à Grandchamp qu'en 1828, ramené par son père, ayant à se consoler de la perte de Mme Beaujeu. Ce retour à Grandchamp ne sépara pas l'au-

mônier de son élève ; et, en 1830, au jour où nous entrons dans ce domaine, le prêtre et les deux grognards, Gibon et Polygonne, n'avaient point quitté le château.

C'étaient trois créatures dévouées à M. Noël et aux siens, même à Gaspard, qui était, à force de ruse et d'hypocrisie, parvenu à se glisser dans les bonnes grâces de ces braves gens.

Deux mots encore :

Quand, en 1817, M. Noël avait éloigné son fils de Grandchamp, il avait également éloigné Gaspard ; ce départ avait semblé très naturel. Se séparant de son fils, il ne pouvait garder un enfant étranger auprès de lui. Personne, au château et aux environs, sauf les intimes, ne soupçonnait que M. Noël croyait Gaspard son fils naturel. L'opinion publique attribuait la présence de ce dernier dans la famille de l'industriel à un acte de pure bienfaisance de cet homme généreux.

A Paris, le fils de M. de Saint-Eve, et non de M. Noël, intelligent et studieux, avait fait de très brillantes études. Celles-ci terminées, conseillé par son père, il avait demandé à M. Noël à ce qu'il le laissât à Paris faire son droit. Ce dernier y avait d'autant plus facilement consenti , qu'il n'entrait pas dans ses vues de faire rentrer à Grandchamp Gaspard avant Gilbert.

Débarrassé des entraves du collège, Gaspard s'était trouvé libre, et était tombé entre les mains de M. de Saint-Eve, de la Saint-Fard et du marquis du Leste, qui s'étaient, à l'envi, étudiés à en faire un complice en tous points digne d'eux.

D'après la scène du chapitre précédent, à laquelle nous l'avons fait assister, le lecteur a pu juger si le criminel trio avait atteint son but.

Au reste, dès un âge très tendre, sous des dehors très séduisants, des manières douces et avenantes, Gaspard possédait le plus mauvais naturel qu'on puisse imaginer. Il avait jusqu'à la cruauté le génie criminel de son père, et l'ambition cupide et hypocrite de sa mère. Il avait également la beauté charmante, gracieuse et comme attractive de ce démon de luxure et d'avarice.

Claude avait été le premier à développer les mauvais instincts de Gaspard, en lui faisant une histoire sur sa naissance, qui, à Grandchamp, paraissait être un mystère pour tout le monde.

Quand ce dernier avait été convaincu qu'il était le fils aîné de M. Noël, et qu'il s'était vu traiter comme un étranger par ce dernier, il crut que l'industriel rougissait de lui et ressentait une sorte de honte à le reconnaître pour son fils.

Partant de là, Gaspard se prit à considérer M. Noël comme un homme injuste, cherchant à le dépouiller en faveur de Gilbert ; quant à ce dernier et à sa mère, madame Noël, il les accusa, en lui-même, d'être les causes de l'injustice du millionnaire à son égard.

Il était évident, à ses yeux, que M. Noël lui faisait donner une instruction toute bourgeoise, tandis qu'il élevait Gilbert comme le fils d'un grand seigneur, ainsi que le lui permettait son immense fortune.

En 1828, quand il revint à Grandchamp, Gaspard y trouva Gilbert qui y était de retour depuis deux mois.

Gilbert et Alphonsine s'aimaient déjà.

Le jeune avocat surprit ce secret dès le premier jour de son arrivée, et cette découverte lui causa un frémissement de rage ; cependant il souriait et paraissait très heureux en rendant à Gilbert les marques de profonde amitié que celui-ci lui prodiguait.

Il suffit pour lui que Gilbert aimât Alphonsine, pour qu'il se passionnât pour cette dernière.

Sentiment singulier que le sien. C'était une sorte de haine. Il haïssait la jeune fille parce qu'elle aimait Gilbert, et qu'instinctivement il jalousait tout ce qui appartenait ou était susceptible d'appartenir à ce dernier.

Telle était la situation au moment où M. de Saint-Ève et Gaspard se rencontrèrent à l'hôtel des trois piliers, chez Claude.

Disons ce qui se passait à Grandchamp pendant que ces deux misérables complotaient lâchement la perte de M. Noël et de sa famille, et pénétrons dans le cabinet de l'industriel.

Le père et le fils causaient.

M. Noël avait alors soixante ans et paraissait bien son âge. D'une haute stature, il avait le port majestueux, marchait le corps droit, mais la tête toujours légèrement inclinée sur la poitrine.

A le voir on eût dit un penseur. Cependant ce n'était qu'un homme très ordinaire, bon, simple jusqu'à la faiblesse, et ayant beaucoup souffert.

Sa tête était belle, son expression douce reflétait toutes les nobles et généreuses qualités qui formaient le fond du caractère de l'industriel.

Les cheveux étaient déjà complètement blancs, le front ridé, le regard limpide et le sourire facile et compatissant.

Chez Gilbert, sous tous les rapports, on retrouvait M. Noël, tant au physique qu'au moral.

Les descendants de cette famille ne dérogeaient point. Gilbert était ce que son père avait été en 1801, au moment où, n'écoutant que les folles promesses d'un premier amour, il avait failli épouser la Pasqualet, dit la Saint-Fard.

Dans toute l'acception du mot, c'était ce qu'on est convenu d'appeler un beau garçon. Moins distingué par les manières, moins homme du monde que Gaspard, il avait le sans-façon de certains artistes ou de quelques militaires.

Gilbert avait la science du savoir-vivre. Sous des dehors qui paraissaient très grossiers à Gaspard, et qui n'étaient que sérieux et loyaux, il avait une intelligence rare, une imagination ardente ; mais comme le cœur était bon, l'esprit modeste, il ne s'attachait en rien à faire briller ces avantages.

— Gilbert, fit M. Noël à son fils, je t'ai fait appeler afin de savoir ce que tu pensais de la résolution que Gaspard nous a communiquée d'aller à Paris.

— Oh ! mon Dieu, mon père, à vous parler franchement, j'en suis enchanté, parce que cette résolution de Gaspard fait naître en moi une espérance.

— Laquelle ? demanda M. Noël.

Etes-vous toujours d'avis, mon père, qu'Alphonsine et moi nous avons bien le temps de nous marier, et que nous devons encore attendre quelque temps ?

— Oui, parfaitement, dit M. Noël.

— Eh bien, reprit Gilbert, si vous y consentez, je vais accompagner Gaspard à Paris. Je ne connais cette ville que très imparfaitement, et pour y avoir fait quelques courts séjours, il me semble que j'y passerai une année avec plaisir. Il est bien entendu que, pendant cette année, je viendrai vous voir le plus souvent possible. Enfin, j'ai une autre raison grave pour vous prier de donner votre adhésion à cette demande : Avez-vous remarqué le changement qui, depuis quelques mois, s'est produit en Gaspard ? Il me semble qu'il n'est plus le même homme. Sans que son amitié pour nous et son dévouement à nos intérêts n'aient reçu la moindre atteinte, j'en suis sûr, Gaspard est devenu préoccupé, soucieux et triste. Je ne sais, mais il est évident qu'il n'est pas heureux, que sa position est loin d'être celle qu'il désire. A plusieurs reprises j'ai essayé de provoquer sa confiance et de l'amener à une confidence, ou au moins à une explication. Quand il m'a répondu, il m'a toujours dit que sa situation était aussi heureuse qu'il pouvait le désirer, que vous étiez un père pour lui, et qu'il était pénétré de vos bontés et ravi de vous devoir son bonheur. Cette réponse et ses chaleureuses protestations de reconnaissance ne l'ont pas empêché de me faire entrevoir que sa taciturnité et sa tristesse avaient de tout autres causes que celles que je leur attribuais : c'est-à-dire notre manière d'être à son égard.

— Enfin, qu'as-tu compris, ou plutôt que crois-tu avoir deviné ? dit M. Noël à son fils.

— Vous avez fait donner à Gaspard une instruction supérieure, reprit Gilbert ; son intelligence et d'heureuses dispositions lui ont permis de profiter des ressources mises a sa portée, dans un des premiers lycées de la capitale, et plus tard à l'école de droit. Laborieux, opiniâtre, il est devenu un homme vraiment remarquable, ayant du talent et conscience de sa valeur. Les gens, ainsi doués, ont toujours quelque ambition, et ce n'est après tout que très légitime. N'êtes-vous pas de mon avis ?

— Oh ! parfaitement, dit M. Noël. Ainsi, je comprends que, quelle que soit l'aptitude que Gaspard apporte à la direction des affaires, il ne se trouve pas sur une scène digne de lui, où il puisse utiliser ses ressources. Aussi suis-je tout disposé à le laisser aller à Paris.

Là, au moins, qu'il entre dans le barreau, ou qu'il se lance dans toute autre carrière, il sera sur une scène digne de lui, et se trouvera en présence de travaux qui, mieux que la direction d'une usine et d'un atelier, conviendront à son intelligence et répondront à ses aptitudes. Quel que soit le parti qu'il prenne, je l'approuve d'avance, et lui continuerai ce qu'il appelle mes bontés, c'est-à-dire que je faciliterai ses débuts, en subvenant non seulement à ses besoins, mais encore aux dépenses qu'il jugera à propos de faire. J'agirai ainsi avec d'autant plus de plaisir que Gaspard est un garçon sage et sérieux, connaissant le prix de l'argent et ne l'employant qu'à des dépenses utiles. Quant à toi, je comprends parfaitement ton désir d'aller passer quelques mois à Paris, d'autant mieux que ce séjour pourrait avoir un but sérieux et des résultats très favorables pour notre maison, je veux parler de cette idée que j'ai de remonter le comptoir de dépôt que mon père avait créé autrefois, et que M. Beaujeu père a géré si longtemps, avec un véritable succès pour nos débouchés.

Ainsi donc Gaspard et toi vous partirez quand vous voudrez; Gaspard fera ce qu'il voudra, je ne veux lui donner aucun conseil à ce sujet. Cependant je t'avoue entre nous que ce serait avec peine que je lui verrai servir un gouvernement que je n'aime pas, soit qu'il entrât dans l'administration, ou qu'il voulût se lancer dans la diplomatie. Je préférerais lui voir embrasser une profession libérale, soit dans le barreau, soit dans la littérature. Je ne lui dirai rien à ce sujet, je te le répète; mais toi, une fois que vous serez à Paris, tu pourras lui en parler, et lui confier en partie ce que je viens de te dire.

Quant à toi, je vais te préparer des lettres, pour tous nos correspondants de Paris. Il en est parmi eux que je connais depuis vingt ans, et qui sont pour moi des amis sérieux. Ce sont ces derniers que tu devras surtout t'attacher à consulter, tu les verras, tu t'entendras avec eux, sur le quartier qui serait le plus favorable à un établissement du genre de celui que je veux créer. Tu les prieras de t'aider dans le choix du gérant à mettre à la tête de ce comptoir. Enfin tu feras pour le mieux, et je m'en rapporte entièrement à toi.

Quand penses-tu que vous pourriez partir.

— Dame, il faut que je m'entende avec Gaspard à ce sujet, mais je crois, d'après une conversation que j'ai eue avec lui hier, que nous pourrions quitter Grandchamp dans deux ou trois jours.

— Très bien, alors, je vais de suite écrire les lettres que tu emporteras.

Le père et fils se quittèrent. Le départ des deux jeunes gens était décidé.

MM. Noël père et fils, par une fatalité étrange allaient au-devant des désirs de M. de Saint-Eye leur ennemi le plus acharné.

En agissant comme il faisait, Gilbert réalisait le vieux dicton populaire : Il allait se *fourrer dans la gueule du loup.*

III

ENCORE QUELQUES HABITANTS DE GRANDCHAMP

Alphonsine Beaujeu, en 1830, au mois d'avril, c'est-à-dire à l'époque où se passèrent les scènes que nous allons raconter, avait dix-neuf ans. C'était une belle et grande jeune fille, à la taille svelte et à la figure un peu mélancolique. Elle avait déjà eu malheureusement sa bonne part de chagrins, sa mélancolie s'était surtout singulièrement accrue, depuis la mort de sa mère, arrivée en 1837, à la suite d'une longue et cruelle maladie.

Alphonsine n'était pas de ces jeunes filles dont la beauté tient du merveilleux et séduit à première vue. Ses traits péchaient surtout par un défaut de régularité et un manque de proportions; le front était trop haut, le nez un peu long, la bouche un peu grande, les lèvres fortes et le menton carré; le teint était pâle, comme un peu maladif.

Mais vus d'ensemble, tous ces traits du visage d'Alphonsine, qui, pris en détail, avaient tous quelques défauts, étaient charmants et attiraient l'attention.

Mais aussi rien de plus intelligent que ce front souvent rêveur; rien de plus doux, de plus sympathique que ces grands yeux bleus, au regard naïf et étonné; rien de plus gracieux que l'angélique sourire de la jeune fille. Celle-ci avait en outre de très jolies dents et surtout une chevelure magnifique; quant à ses manières, elles étaient déjà celles d'une femme distinguée. En raison des malheurs qui l'avaient si inexorablement frappée, depuis son enfance, elle n'avait jamais eu la pétulance qu'on admire chez certains enfants.

Mademoiselle Beaujeu, sur qui reposait, en partie, l'administration ménagère de Grandchamp, était devenue une femme sérieuse avant l'âge. Depuis la mort de sa mère, elle remplaçait cette dernière dans la direction de l'intérieur de la maison.

En la voyant, sans bien la connaître (et cette jeune fille avait toutes les qualités du cœur et de l'esprit), on se sentait de suite disposé à lui accorder la plus respectueuse et la moins mondaine des affections; puis, aussitôt, on se sentait envahi par une douloureuse impression, instinctivement on se prenait à trembler pour cette frêle créature, qui, par la forme, avait quelque chose d'aérien et de séraphique, comme les anges aux blanches et longues ailes, qu'enfants nous voyons en rêve.

Aussi la plupart des gens qui connaissaient Alphonsine la croyaient poitrinaire et détournaient surtout M. Noël de la marier trop jeune, de sorte que ce dernier ne se pressait point, comme nous l'avons dit, de conclure un mariage, qu'il désirait depuis longtemps, et qui, par conséquent, eût fait sa joie, comme il eût fait le bonheur de Gilbert.

Informé des craintes de son père et des dangers de la situation, ce dernier se résignait à attendre du temps qu'il donnât une certaine virilité à sa fiancée; par amour même pour cette dernière, il secondait son père, dans toutes les petites ruses que celui-ci employait pour reculer le mariage tant désiré. Quant à Alphonsine, comme elle ne souffrait jamais, et qu'elle ne se trouvait que faible et un peu délicate pour son âge, elle ne soupçonnait pas les craintes que sa santé inspirait. Les soins dont elle était cependant continuellement et amoureusement entourée étaient à la fois si discrets et si délicats, qu'elle n'interprétait pas dans son véritable sens la sollicitude de tous les instants dont elle était l'objet. Inutile d'ajouter que M. Noël et les siens se réjouissaient de ce défaut de clairvoyance, et qu'ils faisaient tous leurs efforts pour l'entretenir et le prolonger. Si mademoiselle Beaujeu était poitrinaire, elle l'était donc sans le savoir.

Une seule chose avait sérieusement troublé Alphonsine, et lui avait en quelque sorte subitement révélé la double et féconde mission à laquelle se doit la femme en ce monde. Celle d'être épouse et mère.

Nous voulons parler du retour de Gilbert sous le toit paternel.

Gilbert avait quitté Grandchamp en 1817, Alphonsine, qui était née en 1811, avait à peine six ans lors du départ de son cousin, qui en avait près de quatorze. Gilbert était alors presque un grand frère pour sa petite cousine.

De 1817 à 1828, ils ne s'étaient pas revus, mais par M. Noël ils avaient eu de fréquentes nouvelles l'un de l'autre. Sans rien exagérer l'industriel, dans ses rapports, était resté fidèle à la vérité.

Gilbert avait donc appris qu'Alphonsine était la plus charmante compagne qu'un honnête homme comme lui pût désirer, et Alphonsine s'était peu à peu convaincue qu'elle ne pourrait jamais aimer que son cher Gilbert.

En 1828, ce dernier était arrivé à Grandchamp, six mois après la mort de madame Beaujeu.

Tout le monde, au château, était encore plongé dans la plus désespérante désolation, désolation d'autant plus terrible que l'on craignait qu'Alphonsine ne survécût pas au chagrin qu'elle éprouvait d'avoir perdu sa mère.

L'arrivée de Gilbert à Grandchamp produisit

sur Alphonsine l'effet qu'on en attendait et fut un remède souverain à sa douleur. Son cousin, alarmé de la voir en proie à un état effrayant de prostration, fit de son mieux pour l'arracher de cette dangereuse situation.

Du jour où elle aima Gilbert, Alphonsine fut sauvée. De jour en jour, sans que le souvenir de la perte qu'elle venait de faire ne s'affaiblît chez elle, elle revint à la santé, à mesure aussi qu'elle trouvait Gilbert plus aimant et qu'elle apprenait à mieux le connaître.

Ce dernier était de retour à Grandchamp depuis deux mois, quand Gaspard y fit à son tour son arrivée. Gilbert lui avait conservé l'amitié la plus fraternelle ; il le reçut à bras ouverts ; Alphonsine, qui ne se rappela pas de lui, lui fit cependant un accueil des plus gracieux qu'elle modela sur celui des messieurs Noël.

Cependant, chose étrange, qui pourrait nous porter à admettre la supériorité des sentiments instinctifs de la femme, Alphonsine fut loin d'être aussi séduite par les dehors charmants et gracieux de Gaspard que son oncle et son cousin.

Cependant, dès le premier jour, et avec une machiavélique habileté, Gaspard essaya de se mettre bien dans l'esprit de la jeune fille ; il feignait de rechercher d'elle une amitié toute fraternelle, et se gardait bien de faire seulement supposer un amour qu'il n'éprouvait pas encore, mais qu'il s'apprêtait à feindre, quand il s'aperçut que le cœur qu'il espérait facilement conquérir était sérieusement occupé.

— Toujours cet homme au travers de mon chemin, se dit Gaspard avec une rage que décuplaient la cupidité et l'envie.

Hypocrite habile, il se mit à refouler son amour naissant en lui-même, à la façon dont le chat rentre ses griffes quand il voit qu'il va s'attaquer à plus fort que lui.

Si instantané que ce mouvement de retraite avait été, si habile que fut ensuite la conduite de Gaspard, ce dernier avait presque été deviné par deux personnes : Alphonsine et Gibon, le grognard.

Gibon était ce brave sergent de la vieille garde qui à Waterloo avait reçu le dernier adieu du colonel Beaujeu, grièvement blessé, avant que ce dernier ne fût achevé par le marquis du Leste.

Le sergent s'était pris d'une grande affection pour M. Noël et les siens, parmi lesquels il se trouvait comme de la famille. L'industriel, en lui confiant la mission difficile d'accompagner son fils dans ses voyages, avait eu en lui la confiance la plus absolue. Il n'avait eu aucun secret pour lui.

Afin de le mettre sur ses gardes contre les dan-

gers de sa mission, et aussi contre les pièges et embûches que pourraient lui tendre ceux qu'il supposait avoir intérêt à la mort ou à la disparition de Gilbert, il lui avait raconté, dans tous ses détails, la malheureuse histoire des familles Noël et Beaujeu, depuis la Révolution ; puis il avait ajouté à ce récit, afin de compléter ses instructions, une description aussi fidèle que possible de M. de Pierrefond et de la Saint-Fard.

Gibon, qui s'était déjà tout spécialement attaché à Alphonsine, la fille de son colonel, fut d'abord mécontent de la mission de confiance dont M. Noël le chargeait, et qui devait l'éloigner pour longtemps de la jeune fille, sur laquelle il s'était promis de veiller, avec la sollicitude d'un père. Mais quand M. Noël se fut expliqué, qu'il eut compris que la vie du fils de son bienfaiteur allait être en danger, et, qu'en veillant sur lui, il allait veiller sur le futur mari d'Alphonsine, il ne donna pas suite à la pensée qu'il avait d'abord eue de proposer Polygonne, l'autre grognard, pour partir à sa place, à M. Noël ; il avait quitté Grandchamp, en répondant, sur sa tête, de la vie de l'enfant confié à ses soins, à toute la famille.

— Oh ! soyez tranquille, avait-il dit à M. Noël, en lui serrant une dernière fois la main, si un hasard met sur notre chemin l'homme ou la femme dont vous m'avez parlé, et que M. l'aumônier, qui les a vus, les reconnaisse, malheur à eux ! je vous réponds qu'ils ne feront plus de mal à personne... Si seulement la fantaisie pouvait prendre à l'assassin du colonel Beaujeu d'accompagner ses complices dans cette circonstance...

— Vous croyez que vous reconnaîtriez cet homme ? demanda M. Noël au grognard.

— Oh ! j'en suis sûr.

— Vous n'avez cependant dû le voir qu'un instant ?

— C'est vrai, dit Gibon, mais dans de telles circonstances, que, dans vingt ans, je suis certain que je le reconnaîtrais, du premier regard, si je me trouvais en face de lui.

L'aumônier, le vieux de la vieille et leur pupille se mirent en route et voyagèrent, comme nous l'avons dit, sans qu'il leur arrivât rien de bien extraordinaire. Ils ne rencontrèrent aucun de leurs ennemis. Ceux-ci avaient, au reste, perdu la trace de Gilbert. Ils étaient seulement convaincus que ce dernier n'était pas mort, et ils attendaient, fort impatiemment, que le moment leur parût favorable pour reprendre l'exécution de leurs sanglants projets.

En rentrant au château de Grandchamp, Gibon s'était attaché d'une façon toute particulière à la pauvre orpheline, la fille de son colonel, qu'il ne croyait pas moins menacée que Gilbert, et qu'il supposait encore moins en état de se défendre que celui-ci.

— Maintenant que mademoiselle Alphonsine a perdu sa mère, se dit-il, je ne la quitte plus, tonnerre de bombarde ! S'il lui arrive quelque malheur, ce ne sera pas moi vivant, mille cartouches... !

Sur-le-champ, Gibon était allé frapper à la porte de Polygonne, son vieux compagnon qui, au rez-de-chaussée du château même, occupait une chambre voisine de la sienne.

Cette mesure de faire coucher les deux grognards au rez-de-chaussée était toute de précaution. Sur leur demande, M. Noël leur avait confié, chez lui, la garde du poste qu'occupait le dragon à la porte du jardin des Hespérides. Grâce à de pareils Cerbères, M. Noël pouvait espérer que les misérables qui, plusieurs fois déjà, avaient pénétré dans le château, ne pourraient plus réussir dans une semblable entreprise, s'il leur prenait jamais fantaisie de recommencer.

Gibon avait quelque chose de préoccupé, de solennel et de mystérieux, qui n'était pas dans ses habitudes quand il était avec son vieil ami.

— Polygonne, mon ami, dit Gibon, il te va falloir veiller au grain, Tartineau !

— Quel grain ? demanda Polygonne, qui n'était pas, comme son ami, parfaitement au courant des affaires de la famille Noël.

— Quel grain, dis-tu, Polygonne ? D'abord pardonne-moi de t'avoir appelé Tartineau, comme le chien de mon père, qui était berger, mais c'était un brave et bon chien que Tartineau ! Et fidèle, et dévoué, qu'il était à ses maîtres. Le père, la mère, et nous, les enfants, nous l'aimions bien ; il nous était reconnaissant. Un jour il repêcha ma sœur qui se noyait dans une mare à faire rouir le chanvre ; une autre fois il empêcha un taureau furieux de m'écorniffler et de jouer à la balle avec mon individu.

— C'était un brave chien, dit Polygonne, buvons à sa mémoire.

Et les deux grognards vidèrent à moitié un verre de vieux cognac.

— Eh bien, Polygonne, reprit Gibon, il faut en ce moment que nous fassions comme Tartineau faisait dans le temps ; que nous fassions du mieux de notre mieux pour prouver notre reconnaissance à ceux qui nous font du bien, qui nous dorlotent depuis quasiment quinze ans, depuis le coup de Waterloo, enfin ; me comprends-tu ?

— Pas tout à fait, dit Polygonne, mais je crois que cela viendra. Tu veux dire, n'est-ce pas, que M. Noël a été bien bon pour nous, que sans lui,

comme tant d'autres pauvres vieux, nous aurions peut-être été forcés d'endurer des millions de misère, et bien souvent obligés de mendier afin de trouver notre pain. Oh ! oui, tu as raison, c'eût été affreux s'il nous eût fallu en arriver là. Et nous devons une belle chandelle à M. Noël d'avoir été si bon pour nous.

— C'est à dire que vis-à-vis de lui nous sommes dans la position qu'était, dans le temps, Tartineau vis-à-vis de mon père.

— C'est évident, dit simplement Polygonne.

— Eh bien, reprit Gibon, le moment est venu de prouver à M. Noël que nous avons du cœur au ventre. Il y a en ce moment trois ou quatre gueux, des assassins, quoi ! Celui qui a tué le colonel Beaujeu, en 1815, et qui m'a ensuite arrangé comme tu sais, fait partie de ce ramassis de gibier de guillotine ; c'est tout te dire. Eh bien, ces scélérats, sans doute pour s'approprier sa fortune, ont déjà fait des tours pendables à M. Noël ; par le poignard et le poison, ils ont réduit sa famille et celle de mademoiselle Alphonsine.

— Les brigands, si je les tenais... dit Polygonne.

— Nous les tiendrons peut-être, reprit Gibon ; tu vas voir, mais, je le répète, il nous faut veiller au grain, Tartineau ! Il est à supposer que ces gueux, — M. l'aumônier Lambert est de cet avis, et il veille de son côté, mais il est si vieux ! — il est à supposer, dis-je, que ces brigands vont de nouveau essayer de faire du mal et de la peine à M. Noël !

— Tonnerre ! cria Polygonne sérieusement exaspéré.

— Mais, reprit Gibon, ce n'est pas à M. Noël qu'ils s'attaqueront, mais à M. Gilbert et à mademoiselle Alphonsine.

— Mais dans quel but ? dans quel but ? dit Polygonne, qui avait peine à se contenir. J'ai toujours entendu dire que les assassins ne tuaient pas les gens seulement pour avoir le plaisir de les tuer, mais bien parce que généralement ils ont intérêt à les tuer. L'argent fait commettre tant de crimes et de bassesses en ce monde.

— Attends, Polygonne, je vais te faire voir comment les gueux dont nous parlons ont un grand intérêt à la mort des deux enfants. Voici ce que dit M. Lambert à ce sujet. Si M. Gilbert et sa cousine venaient à mourir, M. Noël réunirait immédiatement entre ses mains les fortunes des Noël et des Beaujeu. Eh bien, suppose que M. Noël, dans un moment de désespoir, se trouvant seul au monde, fasse un testament en faveur de son fils naturel, tu sais, ce petit Gaspard, que nous avons vu ici, dans le temps, quand nous sommes arrivés conscrits dans la maison, et qui va bientôt revenir au château, ni plus ni moins que M. Gilbert, eh bien, sais-tu à qui profiterait la fortune de M. Noël, ainsi abandonnée à Gaspard ? aux assassins, aux gueux, aux scélérats dont je viens de parler.

— Que dis-tu là ? demanda Polygonne avec un étonnement qui frisait l'épouvante ; il faudrait pour que ce que tu viens de dire arrive que Gaspard soit le complice des assassins, et qu'il consente à partager avec eux. Je ne le connais pas ce Gaspard, puisqu'il y a treize ans que je ne l'ai pas vu, et qu'il n'a que vingt-huit ans maintenant ; mais pendant ton absence j'en ai souvent entendu parler ici, et toujours en bien. Aussi me semble-t-il impossible qu'après les bontés que M. Noël a eues, de tout temps, pour lui, il se mette avec les ennemis de ce digne homme pour faire ce que tu supposes.

Écoute donc un moment, Polygonne, tu t'envoles comme une fusée, tonnerre ! Je ne t'ai point dit que Gaspard était le complice des scélérats sou roche, M. Lambert ne l'accuse pas de ça non plus. Ce serait trop affreux, trop infernal à supposer, mille bombes ! mais si tu savais que les assassins, qui ont déjà tué ou fait tuer le père et la femme de M. Noël et le colonel Beaujeu, sont la mère de Gaspard et l'amant de cette femme indigne, ambitieuse et vindicative, tu ne t'étonnerais plus qu'ils aient l'intérêt que j'ai dit à faire hériter Gaspard, qui forcément, sans même rien savoir de la part que sa mère aurait prise dans les malheurs de M. Noël, ne pourrait faire autrement que de partager sa fortune avec elle, surtout si elle est malheureuse. Comprends-tu maintenant ?

— Ah ! si c'est ainsi, c'est clair comme le jour, dit Polygonne.

— Eh bien, reprit Gibon, Gaspard va arriver, nous aurons l'œil sur lui, et nous saurons bien deviner le rôle qu'il joue dans cette affaire.

— Et s'il y a la moindre chose de louche de son côté, nous lâchons tout à M. Noël, afin qu'il mette le quidam à la porte : c'est simple comme bonjour.

— M. Noël ne peut point mettre Gaspard à la porte, dit simplement Gibon.

— Comment cela? Depuis quand n'est-il plus le maître à Grandchamp ? s'écria Polygonne avec colère.

— Autrefois, les assassins dont nous nous occupons l'ont menacé, s'il n'accueillait pas bien Gaspard, et s'il ne se conduisait pas à son égard comme un père se conduit vis-à-vis d'un fils légitime, de se venger sur Gilbert et de le tuer, comme ils avaient déjà tué les autres membres de la famille.

— Mais c'est horrible, dit Polygonne.

— Si horrible, reprit Gibon, que la menace de ces misérables n'est par une de ces menaces qu'on peut prendre en l'air. Elle est d'autant plus sérieuse, que ces assassins n'en sont pas à leur coup d'essai, et que, malgré tous les recherches qui ont été dirigées contre eux, on n'a pas encore pu les découvrir ; que, semblables à des bêtes féroces, ils se cachent dans l'ombre, et sont peut-être à deux pas de nous, à nous épier, quand on les croit bien loin ; qu'ils ont des complices adroits, audacieux, qui nous sont inconnus ; et pour mille autres raisons encore... Enfin, je te le répète et tu peux me croire, la situation est affreuse, horrible...

— En effet, dit Polygonne d'un air rêveur.

— C'est pourquoi j'ai voulu te parler ce matin.

— Vois-tu un remède à la chose ?

— Non, mais ne sommes-nous plus deux hommes de cœur, ayant de bons yeux, de bonnes oreilles et le reste? Ne sommes-nous pas capables de faire au besoins deux excellents gendarmes, ne dormant jamais que d'un œil et d'une oreille ?...

— Je te comprends, dit Polygonne, et, puisque c'est ainsi, que nous sommes sans doute entourés d'un tas de gredins qui veulent noyer encore une fois tous les habitants de Granchamp dans les larmes, je suis de ton avis : il faut veiller au grain, Tartineau !

— Allons, voilà qui est parlé, Polygonne, mais, je t'en prie, laisse-moi m'expliquer.

— Parle.

— Je reviens de voyage, avec M. Gilbert. Depuis cinq ans je ne le quitte pas d'une semelle. Tu penses si je lui suis dévoué.

— Il est si bon enfant ! Cela va sans dire.

— Eh bien, il y a à Granchamp une personne à laquelle je suis encore plus dévoué qu'à M. Gilbert.

— Ah! Ah! fit Polygonne étonné.

— Oui, reprit Gibon, c'est à la fille de mon colonel.

— Mademoiselle Alphonsine! tiens! je n'y pensais pas. Je comprends ton faible, dit Polygonne. N'est-ce pas le colonel qui t'a donné un morceau de notre vieux drapeau.

En parlant du respectable chiffon Polygonne sentit l'émotion le gagner.

— Oui, répondit Gibon, d'une voix étouffée; eh bien cette relique, si sainte pour nous deux, la voici :

Le grognard ouvrit son paletot et son gilet, et sortit de dessous sa chemise un petit sachet en cuir, qu'un ruban, fermant à l'aide d'un bouton et d'une boutonnière, retenait autour de son cou: puis il posa le sachet sur la table, près de la bou-

teille et des verres, et dit à Polygonne, en lui
serrant la main :

— Ma vieille, il ne faut pas que nous ayons
mangé le pain de M. Noël pour rien. De grands
malheurs menacent ce digne homme, il faut les
prévenir et les conjurer. Des ennemis s'apprêtent
à le frapper, il faut les découvrir, et leur faire le
parti qu'ils méritent. Tu veilleras sur Gilbert et
moi sur la fille de mon colonel, et nous allons
jurer, sur cette noble et sainte relique, de nous faire
tuer avant qu'un cheveu ne tombe de la tête de
nos bienfaiteurs.

— Tu as raison, fit Polygonne, notre temps,
notre sang, notre peau appartiennent à la famille
Noël ; j'en ferai le sacrifice pour elle, à la première
occasion, je le jure.

— Et moi aussi je le jure! mille millions de
cartouches! fit Gibon.

IV

LE GROGNARD ET LA FILLE DE SON COLONEL.

Après ce serment, les deux grognards se quittèrent.

Le jour même, et après avoir seulement fait
part de leur résolution à l'aumônier Lambert,
qui les approuva à deux mains, et leur promit le
secret qu'ils réclamaient, Gibon et Polygonne se
mirent à remplir leur mission volontaire, en vrais
gendarmes ; l'un auprès de Gilbert, l'autre auprès
de mademoiselle Alphonsine. Jamais Argus, jamais Cerbères, de n'importe quel temps, ne dé-
ployèrent autant de zèle, autant d'intelligence et
autant de ruses que les deux grognards. Il est certain que leur position était excessivement délicate ; puisqu'ils voulaient que leur surveillance fût
aussi bien un mystère pour ceux au profit desquels
ils l'exerçaient, que pour ceux contre lesquels elle
était exercée.

Dans cette circonstance, Polygonne fut, et de
beaucoup, le moins embarrassé. Gilbert, qu'il devait spécialement surveiller, était un homme jeune,
brave, courageux, qui, au fond, n'ajoutait pas autant de confiance aux craintes de son père que
celles-ci en méritaient ; homme de premier mouvement et fort expansif de sa nature, il lui semblait aussi impossible qu'on complotât un crime
ou une mauvaise action qu'il lui semblait tout
naturel qu'on se cachât, par modestie, pour faire
un acte de charité. De plus, Gilbert était jeune,

amoureux ; son amour et les nombreuses préoccupations que lui causait l'état maladif de sa cousine suffisaient à occuper son esprit et la majeure
partie de son temps ; il ne s'aperçut donc en rien
de la surveillance de Polygonne, qui, au reste, n'a-
vait rien d'intempestif ni d'importun.

Quant à Gibon, ce fut tout différent ; Alphonsine,
avec la délicate pénétration qui fait que la sensi-
tive referme ses pétales aussitôt qu'on s'approche
pour la toucher, s'aperçut de suite de l'attentive
surveillance que Gibon se mit à exercer autour
d'elle. Cette surveillance était d'une délicatesse et
d'une réserve extrêmes ; cependant Alphonsine,
plutôt par curiosité que pour tout autre motif,
résolut d'en avoir l'explication. Elle savait, depuis
longtemps, ce que le vieux sergent avait été pour
son père, à elle, aussi l'aimait-elle tout particulièrement. Avant le départ de Gibon, allant accompagner Gilbert, elle agissait avec lui avec une familiarité d'enfant gâté. Quoique cinq années se fussent écoulées depuis cette époque, elle ne se sentit
nullement embarrassée pour aborder le grognard,
dont la moustache grise et légèrement ébouriffée et
l'air rébarbatif ne l'avaient jamais beaucoup épou-
vantée.

Un matin donc que Gibon fumait magistrale-
ment sa pipe en se promenant d'un pas grave et
solennel dans une des allées les plus ombreuses du
parc, il sentit une petite main douce, longue et
rosée, se glisser sous son bras ; pendant que le
léger frôlement d'une robe d'été venait caresser les
grandes guêtres de cuir qu'il portait continuellement, été comme hiver, afin de perpétuer sans
doute l'immortel et classique souvenir de la chaus-
sure des grenadiers de la vieille garde du premier
empire.

Gibon se retourna aussitôt ; et, en reconnaissant
la fille de son ancien colonel, porta la main à sa
casquette de chasse, aussi respectueusement qu'il
l'eût autrefois portée à son gigantesque bonnet à
poil, en saluant le glorieux étendard dont il avait
un débris sur la poitrine. La main qui ne saluait
pas s'était agilement alignée sur la couture de la
culotte de velours du fonctionnaire garde-chasse,
régisseur, etc., etc., du domaine de Grandchamp.

— Salut, mademoiselle ; qu'est-ce qu'il y a pour
votre service? dit le sergent Gibon.

Avec calme, assurance et en fort peu de paroles,
comme une personne qui sait d'avance s'adresser à
un ami qui ne saurait rien lui refuser, Alphonsine
exposa sa requête au grognard.

Ce dernier l'écouta la prunelle dilatée, le regard
attendri, le front rayonnant de joie, et en mordil-
lant ses longues moustaches ; symptôme évident
que l'émotion l'empoignait.

Gibon offrait à Mlle Alphonsine une corbeille de fleurs. (Page 18.)

Quand mademoiselle Beaujeu eut fini de parler, Gibon resta un instant sans lui répondre ; puis il finit par lui dire, d'une voix que l'émotion rendait presque tremblante :

— Comment, mademoiselle, vous vous étonnez de la surveillance que j'exerce autour de vous, de ce que vous appelez mon inquiète sollicitude ; mais je serais autrement pour vous, que ce serait alors le cas de vous étonner. Ma surveillance, en admettant que surveillance il y ait, n'a et ne peut avoir rien d'outrageant pour vous ; car je sais, et tout le monde sait comme moi, que vous êtes incapable d'avoir seulement une mauvaise pensée, sous quelque rapport que ce soit. Quant à ce que vous appelez mon affection, ma sollicitude, un tas de grands mots... auxquels je n'entends pas grand' chose ; n'ai-je pas le droit de vous aimer, d'être pour vous un père, une mère, un frère et le reste ? N'êtes-vous plus la fille de mon colonel, de l'homme mourant à qui j'ai solennellement juré de veiller sur vous, et de vous consacrer ma vie entière ? N'êtes-vous pas la nièce de l'homme de qui je mange le pain, et sans lequel je serais au-jourd'hui, ou mort, ou réduit à mendier mon pain ? Comment, vous ne comprenez pas tout cela, vous ne trouvez pas ma conduite toute naturelle, et vous me demandez des explications ! Décidément, mademoiselle, c'est moi qui ne vous comprends pas.. Comme si je ne devais pas vous être dévoué comme un terre-neuve l'est à son maître...! Eh bien, oui, mademoiselle, depuis mon retour à Grandchamp, ma surveillance à votre égard est devenue plus active. Que ce mot de surveillance ne vous blesse pas ; ce n'est pas vous que je surveille : vous connaissez l'histoire de votre famille ; au risque de vous effrayer, on vous l'a apprise, par prudence. Eh bien, je vous dis, moi, ne vous effrayez pas, ceux que je guette et que j'épie, ce sont les misérables qui, successivement et avec une haine infernale, ont assassiné votre grand-père votre père et votre tante. Rien pourtant, de leur part, ne m'invite à redoubler de zèle, mais je connais ces lâches et je sais qu'avec eux il ne faut jamais s'endormir, et que la sécurité du moment n'a rien de positif. Maintenant, si mon affection pour vous s'est accrue, n'en voyez-vous pas la raison dans le malheur qui vient de vous frapper si cruellement, et que je ne veux point vous rappeler, afin de ne point voir couler les larmes que je devine dans vos yeux.

Assez, assez, mon bon Gibon, dit Alphonsine d'une voix émue et en serrant les mains du vieux grognard dans les siennes ; j'ai eu tort d'écouter ma curiosité et de vous interroger.

Elle pleurait au souvenir de sa mère que le vieux sergent lui avait rappelée.

Gibon ne fit rien pour consoler sa charmante protégée. Comme Gilbert, il avait compris qu'il existe des chagrins que des consolations ne font qu'irriter, et que la douleur de mademoiselle Beaujeu était de ceux-là. Il dit seulement et simplement :

— Oui, mademoiselle, pleurez votre mère, c'était une sainte femme.

Ce qui ne l'empêcha pas de s'adresser, intérieurement, une foule d'invectives et de maudire sa maladresse.

La douleur d'Alphonsine s'étant peu à peu calmée, il reprit :

— Maintenant, mademoiselle, le plus grand secret sur ce que nous venons de dire et sur cette surveillance que je me suis arrogée sur vous. Ce secret, M. l'aumônier et Polygonne, ce dernier veillant sur Gilbert, comme je veille sur vous, le connaissent, et c'est tout ce qu'il faut. A quoi bon éveiller des craintes ou des soupçons alarmants dans l'esprit de M. Gilbert et dans celui de son fils ? En nous gardant le secret, vous nous laissez plus à l'aise ; tandis qu'en faisant parade de ce que vous appelez notre dévouement, vous nous gênez horriblement, et nous mettez dans une position fausse vis-à-vis de nos bienfaiteurs. Laissez-nous, mademoiselle, nous créer une occupation ici, et nous acquitter, à notre façon, de notre dette de reconnaissance. Que Dieu veuille que nos mesures de prudence soient toujours inutiles, et que Polygonne et moi nous en soyons pour nos frais... ! mais, de grâce, si vous avez quelque amitié pour moi, promettez-moi de nous garder le secret. que je vous demande.

Alphonsine fit à Gibon la promesse que celui-ci sollicitait d'elle, et les deux grognards, sans être gênés en rien, commencèrent à exercer une surveillance terrible et occulte sur Grandchamp et les environs.

Jusqu'à l'arrivée de Gaspard, rien de remarquable n'attira leur attention.

Enfin, un beau matin, le jeune avocat arriva, et, en fort peu de temps, il sut s'attirer l'estime et l'amitié de tout le monde, y compris celles de Gibon, de Polygonne et de l'aumônier. Pendant deux ans, de 1828 à 1830, Gaspard ne dévia pas d'un point de la ligne qu'il s'était tracée. Il fit avec intelligence et probité les affaires de M. Noël, en se chargeant, de très bonne grâce, de la partie la plus ingrate de cette administration : la comptabilité et la surveillance des travaux dans les tanneries, corroieries et autres ateliers.

En 1830, au moment où le départ des deux jeunes gens pour Paris se décidait, deux personnes seulement, à Grandchamp, gardaient un léger reste de méfiance contre le dernier venu. C'étaient Gibon et Alphonsine. Tous deux se souvenaient que Gaspard avait eu quelques velléités de se poser en soupirant auprès de la jeune fille, et qu'il n'avait strictement bâillonné son amour et sa langue que quand il avait été convaincu officiellement des projets d'union, depuis longtemps arrêtés, entre Gilbert et sa cousine.

Depuis, Gaspard, semblant résolûment prendre son parti de ce qu'il ne pouvait empêcher, avait été pour Alphonsine un ami très discret, il avait fait plus, il avait poussé l'héroïsme, ou plutôt l'hypocrisie, jusqu'à se joindre à tout le monde et faire des vœux pour le bonheur à venir des deux époux ; mais en même temps, avec une adresse qui décelait bien son intelligence tortueuse, il insinuait le désir d'aller à Paris à Gilbert, qui n'avait jamais soupçonné Gaspard d'avoir jeté sur Alphonsine un seul regard d'amoureuse convoitise. Pour atteindre son but et déterminer Gilbert à l'accompagner à Paris, Gaspard employait tous les moyens, il flattait le goût prononcé que le jeune homme, habitué à voyager, avait pour le cosmopolitisme ; il vantait, avec une enthousiaste exagération, les splendeurs et les ressources de la capitale. Afin cependant de conserver sa réputation d'homme sérieux et rangé, il ne parlait nullement des plaisirs faciles que Paris offre, et a, de tout temps, offerts aux heureux mortels qui, en mettant le pied dans la Babylone moderne, ne sont pas réduits à compter afin de s'en procurer les délices.

On sait comment ce voyage fut décidé. Ce fut par une belle journée du mois d'avril, au moment où le printemps réveillait la nature endormie par un hiver long et rigoureux, que la nouvelle se répandit parmi les habitants du château ; Gilbert voulut être le premier à l'apprendre à sa cousine.

En sortant du cabinet de son père, il se mit à chercher la jeune fille, qu'il trouva assise dans le jardin, sur un banc, où Gibon venait de lui apporter une magnifique corbeille de fleurs.

Gilbert s'assit près de sa cousine, lui prit les

mains; puis la regarda longtemps, fixement, dans les yeux. La jeune fille, qui n'avait aucune raison de baisser son regard devant celui de son cousin, se prêtait gaiement à la fantaisie de ce dernier, auquel elle souriait coquettement des lèvres et de la prunelle.

A les voir ainsi, leur amour n'eût été un secret pour personne.

Gilbert cherchait-il à faire passer son âme dans celle de sa cousine, ou à magnétiser cette dernière? Non. A la veille de s'absenter, sa tendresse alarmée épiait s'il y avait du mieux dans l'état de sa cousine, qui l'avait longtemps alarmé.

Après deux minutes de ce singulier examen, auquel Alphonsine ne faisait rien pour se soustraire, Gilbert parut satisfait, attira sa cousine à lui, l'embrassa sur le front et dit:

— Cousine, que devenez-vous donc? il va être midi, et je ne vous ai pas encore vue aujourd'hui?

— Ce serait plutôt à moi, reprit Alphonsine, de vous demander ce que vous devenez. Mais je savais que vous étiez, avec mon oncle, occupé sans doute d'affaires sérieuses, ce qui est cause que vous ne m'avez pas encore vue d'aujourd'hui. Mais, dites-moi, qu'aviez-vous tout à l'heure, il n'y a qu'un instant, à me regarder comme vous faisiez?

— N'avez-vous rien lu dans mes yeux? demanda Gilbert.

— Si, si comme on l'affirme, les yeux sont le miroir de l'âme, répondit Alphonsine, en rougissant légèrement.

— Eh bien, qu'y avez-vous lu?

— Que vous m'aimez beaucoup, fit la jeune fille, dont la rougeur ne fit qu'augmenter.

Cette réponse causa tant de joie à Gilbert, qu'il ne put s'empêcher d'embrasser celle qui la lui avait faite. Il reprit peu après:

— Mon amour pour vous, Alphonsine, si grand qu'il soit, ne date pas d'aujourd'hui: je suis très heureux que vous en soyez convaincue et enchanté de ce que vous venez de me dire. Cependant ce n'était pas de mon amour que je voulais vous parler. J'ai une grande nouvelle à vous apprendre, Alphonsine.

— Une grande nouvelle, Gilbert? fit mademoiselle de Beaujeu étonnée.

— Oui, je vais aller à Paris.

— A Paris, mais je croyais que c'était Gaspard qui partait, fit observer Alphonsine, évidemment contrariée de la nouvelle qu'on lui annonçait.

— Je pars avec Gaspard, reprit Gilbert; s'il va à Paris pour ses affaires, s'y faire une position et peut-être même s'y établir, ce qui demande du temps, moi je n'y vais que pour quelques jours,

dans l'intérêt des affaires de la maison, et un peu aussi dans celui de nos affaires à vous et à moi.

— De nos affaires à nous et à moi? se récria la jeune fille.

— Dame, répliqua Gilbert malicieusement; avez-vous l'intention de vous marier sans corbeille de mariage? Non, n'est-ce pas? Eh bien qui, de droit, doit acheter la corbeille...

Gilbert n'acheva pas. Sa cousine l'interrompit:

— Et c'est pour cela que vous allez à Paris? dit-elle, en faisant une petite moue dédaigneuse, qui signifiait clairement qu'elle consentait volontiers à se passer de corbeille pourvu que Gilbert restât à Grandchamp.

— Oui, pour cela, dit Gilbert; mais, je vous l'ai déjà dit: je vais aussi à Paris pour une autre affaire, une affaire beaucoup plus sérieuse que l'acquisition d'une corbeille de mariage. Mon père, depuis quelque temps, a remarqué, et Gaspard et moi l'avons remarqué comme lui, que nos débouchés à Paris tendaient plutôt à se resserrer qu'à s'étendre. Un tel état de choses, nous sommes tous de cet avis, ne peut avoir que deux raisons d'être: les concurrences, qui se multiplient, et notre indifférence à établir des rapports de tous les instants avec nos correspondants de la capitale. Dans la circonstance, ce ne pouvait être le premier motif qui nous causait un sérieux préjudice; car nos produits, par leur qualité et la modicité de leurs prix, peuvent défier toute concurrence. Restait le second motif; après une enquête, nous remarquâmes que, depuis l'époque où nous avons, à la mort de votre grand-père, abandonné l'idée de faire tenir un comptoir de dépôt à Paris, par un gérant dévoué à nos intérêts, le nombre de nos correspondants a toujours été en décroissant; et cette baisse se fait, en ce moment, sentir plus sérieusement que jamais. En présence d'une telle situation, qui, avec le temps, pourrait s'aggraver au point de devenir périlleuse, mon père, en homme sage et prudent, qui a à sauvegarder les intérêts de plus de deux mille pauvres, dont il est la providence, en sauvegardant les siens, n'a pas hésité à appliquer au mal le seul remède qu'il pouvait y apporter. Il s'est donc subitement décidé à rétablir le plus promptement possible un comptoir de dépôt et de commandes, sur le modèle de celui-ci que votre grand-père à géré si longtemps. C'est donc pour rétablir ce comptoir que je vais à Paris. Seulement le temps de trouver un quartier et un emplacement convenables, d'arrêter un gérant qui puisse nous représenter avec avantage. Le temps, en un mot, de mettre cette nouvelle maison en *allage*, et de faire la connaissance de nos principaux correspondants, et je reviens à Granchamp ; me comprenez vous, ma cousine ?

— Hélas ! oui.

— Comme vous dites cela ?

— Voulez-vous que je vous parle franchement ?

— Sans doute.

— Eh bien, je suis désolée de reconnaître que toutes vos raisons sont excellentes et que votre voyage est en quelque sorte indispensable. Tenez, mon cousin, n'en parlons plus, il faut que vous partiez, puisque le pain de deux mille pauvres dépend peut-être de ce voyage ; vous partirez ; mais permettez-moi de vous dire que je préfère de beaucoup la façon dont vous me regardiez tout à l'heure à celle dont vous venez de me parler à l'instant même.

— Comment cela ? Alphonsine.

La jeune fille eut un moment de charmant embarras :

— La façon dont vous me regardiez, dit-elle enfin, me disait que vous m'aimiez beaucoup, que j'étais tout pour vous ; celle dont vous venez de me parler ne me dit rien de semblable. A votre tour, comprenez-vous, mon cousin...? Aussi suis-je furieuse contre vous ; et, je ne sais, si, au moment du départ, je vous tendrai la main et vous dirai : « bon voyage...! »

— Ah ! ma cousine, dit Gilbert en riant, et en entourant, d'un bras, la jeune fille par la taille, vous croyez donc que parce que je vais faire un voyage à Paris je ne vous aime plus ? Ce serait bien mal me juger. Tenez, dites un mot, je laisse partir Gaspard tout seul ; et, si cela vous fait plaisir, je vous jure, à l'instant même, de rester à Grandchamp, et de m'y enterrer, pour le restant de mes jours.

Gilbert parlait franchement, naturellement, comme un homme qui dit ce qu'il pense, qui ne craint pas d'être pris au mot ; car il était tout disposé à faire ce qu'il disait. Alphonsine comprit qu'il n'hésiterait pas à lui faire le sacrifice de son voyage à Paris. C'était tout ce qu'elle désirait, son amour-propre eut la satisfaction qu'il était en droit d'attendre de l'amour de l'homme aimé ; aussi, comme elle comprenait, et de reste, les raisons qui nécessitaient le départ de Gilbert, qui, mieux que personne, pouvait représenter la maison Noël, auprès des correspondants de Paris, n'insista-t-elle pas pour retenir son cousin.

— Ah ! non, Gilbert, dit-elle ; je ne veux pas vous enterrer vif ici, croyez-le bien ; je ne veux pas non plus ruiner nos pauvres. Allez à Paris ; et, surtout, si vous y achetez la corbeille de mariage dont vous avez parlé, souvenez-vous bien, en faisant cette acquisition, que je ne suis pas coquette, et ne faites pas de folies.

— Rien ne sera trop beau pour vous, dit Gilbert.

— Que dites-vous, monsieur la mauvaise tête ?

— Que je sais ce que je ferai.

— Un mot de plus et je vous défends d'aller à Paris. Au reste, rien n'est encore décidé, quand partez-vous ?

— Après demain.

— C'est bien, j'ai le temps de réfléchir mais, sauvez-vous, j'ai une petite course à faire avant le déjeuner.

Gilbert se retirait déjà, tout décontenancé par la boutade de sa cousine, quand celle-ci le rappela en souriant :

— C'est cela, on me quitte sans m'embrasser. Oh ! que c'est vilain, Gilbert, d'avoir de la rancune...!

Gilbert prouva aussitôt à sa charmante fiancée, en l'embrassant deux ou trois fois, que la rancune et lui ne se connaissaient point, et n'avaient nulle envie de faire connaissance.

Quand il se fut éloigné, Alphonsine sortit du kiosque et courut à une pépinière où elle savait trouver Gibon, qui, pour tuer le temps, s'y exerçait à la taille des arbres, un *manuel de bon jardinier* ouvert sous ses yeux.

— Ah ! bonjour, mademoiselle, dit le grognard en apercevant la fille de son colonel.

Et il acheva son salut par sa phrase sacramentelle :

— « Tonnerre ! qu'est-ce qu'il y a pour votre service, mademoiselle. »

— Il y a, mon cher Gibon (le temps avait fait naître une grande familiarité de la jeune fille au vieillard, la familiarité d'un enfant à un père), fit Alphonsine, que, si je ne comptais sur vous, sur Polygonne et sur votre dévouement à tous deux, sans qu'il y paraisse, je serais dans une bien grande peine. C'en serait, croyez-moi, a en perdre l'appétit, le sommeil et la santé.

— Qu'est-ce que vous me comptez là, mademoiselle Alphonsine ? dit Gibon, en se redressant tout à coup, et en étêtant un magnifique poirier disposé en quenouille, d'un coup de sécateur en voilà d'un début écœurant ! Il me fait tout l'effet que m'a autrefois produit, à Waterloo, le canon des Prussiens, quand c'était Grouchy que nous attendions. Mais ici nous ne sommes pas à Waterloo, mille bombes ! Expliquez-vous, et nous allons voir... pour vous rassurer complètement, faut-il que j'aille chercher Polygonne ?

— Non, répondit mademoiselle Beaujeu, en souriant du zèle enthousiaste, jusqu'à l'emportement, du vieux compagnon de son père ; écoutez-moi d'abord, et voyons ce que nous avons à faire avant de prévenir personne. Le tour de Polygonne viendra ensuite ; et peut-être plutôt qu'il ne voudra, le pauvre cher homme ! car, souvent, il est pénible de se déplacer, de changer ses habitude à son âge.

— Polygonne ! s'écria Gibon avec feu ! mais, mademoiselle, il faut que vous ne le connaissiez pas pour parler de lui comme vous venez de le faire... Polygonne ! S'il s'agissait de se faire hacher pour vous, menu comme chair à pâté, de la pointe des cheveux aux ongles des pieds, mais il y courrait, et, moi lui servant de chef de file, il m'emboîterait un pas accéléré à faire deux lieues à l'heure... Polygonne ! avoir des habitudes de petite maitresse, ou les membres glacés d'un vieillard ! pour qui le prenez-vous donc, mademoiselle ma colonelle ? Ne vous souvenez-vous plus qu'il a fait autrefois la route des Pyramides à Moscou ? c'est vrai qu'il y a mis le temps, mais, aussi, autant de victoires que d'étapes...! Voyons, dites, parlez vite, où voulez-vous qu'il aille ?... Polygonne ! mais, ma chère demoiselle, c'est mon ami depuis trente ans, j'ai été son sergent pendant dix ; il m'a sauvé les trois quarts de ma peau et me doit bien les deux tiers de la sienne ; il fera ce que je lui dirai de faire, mais c'est vous qui commandez, mademoiselle : voyons vos ordres au rapport ? et nous verrons si, au lieu de Polygonne, ce n'est pas moi qui dois être votre homme.

— Attendez, M. Gibon ; d'abord, la chose ne vous regarde en rien, répondit mademoiselle Beaujeu ; car il ne s'agit pas de moi, mais de M. Gilbert.

— Ah ! c'est différent ; parlez toujours, M. Gilbert est-il exposé à quelque danger...? Ça m'étonnerait, Polygonne, moi et notre brigade nous n'avons rien signalé à l'horizon.

— Votre brigade ? dit Alphonsine avec surprise.

— Oui, quelques pauvres, qui vivent des bienfaits de M. Noël, qui sont dévoués à tous ceux qui habitent Grandchamp, et qui nous aident à surveiller les arrivants et les partants qui voyagent dans le pays.

— Ah ! je comprends... dit Alphonsine ; quant à Gilbert, je ne sais s'il court quelque danger, je ne le crois pas ; si je le supposais seulement, je ne le laisserais pas partir.

— Comment, il part? s'écria Gibon.

— Oui, il va à Paris.

— A Paris ! diable, c'est grave, dit lentement le grognard, en se grattant l'oreille. Allons si ce voyage est nécessaire, il faut cependant que M. Gilbert le fasse ; somme toute, c'est un rude compagnon, point manchot du tout, que notre ami ; il n'a qu'un tort, celui d'être trop confiant,

c'est de son âge, et ça se passera avec les années. Cependant il ne faut désespérer de rien. Mille millions... pardonnez, mademoiselle, je crois que j'allais jurer ; mais je vois ce que vous désirez : que Polygonne parte et veille sur notre jeune homme ?

— En effet, dit mademoiselle Beaujeu.

— Eh bien, ce ne sera pas plus difficile que cela ; le départ se fera à mon commandement, et voici : Polygonne, par file à droite ou par file à gauche ! cela dépendra... Guide à M. Gilbert ! en avant, arrrch...! Avez-vous compris ?

— Oui, j'ai compris que je pouvais compter sur votre dévouement et sur celui de Polygonne, répondit la jeune fille, qui, touchée de la robuste affection des deux grognards, pour elle et pour la famille Noël, en avait les larmes aux yeux.

— Allons, pas d'enfantillages, mademoiselle, reprit le vieux sergent ; ne perdons pas plus de larmes qu'on ne perdait de cartouches de mon temps, ne les jetons pas aux moineaux. Quand part M. Gilbert ?

— Après-demain.

— Et comment part-il ?

— Je ne sais, mais il va avec Gaspard.

— Ah ! ah ! dit Gibon, j'en sais assez pour savoir, moi, comment je ferai marcher notre ami Polygonne.

— Est-ce qu'il m'accompagnera pas tout simplement Gilbert ?

— Non, il se contentera de le suivre de près.

— Est-ce que Gaspard vous inspire quelque crainte ?

— Lui, aucune ; ses amis, sa mère et consorts beaucoup. Toujours est-il que prudence est mère de sûreté ; et que l'ami Polygonne, afin qu'on ne se méfie pas de lui, ne doit pas être censé ni accompagner ni suivre M. Gilbert. Gaspard doit même ignorer le départ de Polygonne du château. Laissez-moi faire, mademoiselle ; je me charge de tout.

— Et de l'argent pour votre ami ?

— Ah ! c'est vrai ; j'ai, jadis, si souvent voyagé sans le sou, que j'oubliais...

— Je vous en donnerai ce soir, ici.

— Très bien, j'y serai.

V.

La nuit même du jour où M. de Saint-Eve avait eu avec son fils le mystérieux et criminel entretien dont nous avons confié les détails au lecteur ce misérable vieillard avait, à trois heures du matin, sournoisement quitté l'hôtel de son digne ami Claude.

Ce dernier, pour conserver à son maître, ou au moins à celui qu'il considérait comme tel, le secret que celui-ci tenait à garder, et pour cause ; avait fait coucher ses domestiques ; puis, sans bruit, il s'était relevé et avait attelé un cheval à son *tilbury de tournée,* ce que les maquignons appelaient alors : « une caisse à savon ». En se serrant on pouvait tenir deux *dans,* ou plutôt *sur* ces voitures *casse-cou,* qui, attelées d'un bon cheval, offraient l'avantage de *filer comme le vent.*

Cette nuit, Claude avait attelé à son tilbury le meilleur cheval de ses écuries.

A 3 heures il monta sur le véhicule, et quitta sa maison, en disant au postillon d'attente :

— Il faut que je sois demain à Tours, à l'ouverture du marché ; je n'ai que le temps....

— Bon voyage! M. Claude avait dit le postillon à son maître.

La pièce avait été jouée ainsi. M. de Saint-Eve, sorti furtivement de la poste aux chevaux, par une porte dérobée, avait pris les devants, et attendait son compagnon sur la route ; Claude le prit, en passant, et tout fut dit. Comme les deux complices avaient opéré de la même manière lors de l'arrivée de M. de Saint-Eve, que le père de Gaspard n'avait défait aucun lit à l'hôtel, qu'il avait passé la nuit sur un canapé, qu'il n'avait mangé que des provisions apportées par lui, les deux prudents complices devaient supposer que, sauf Gaspard, personne, à Grandchamp surtout, n'avait soupçonné la présence d'un voyageur mystérieux à l'hôtel des trois piliers.

Deux jours se sont écoulés depuis le départ d'Isaac de Château-Renaud ; on est au 30 avril. La campagne est déjà belle et verdoyante ; les bois et les buissons commencent à être touffus. Que d'arbres en fleurs ! que de chants et mélodies sous ses frais ombrages, que les grandes chaleurs et la poussière n'ont pas encore souillés ! quel beau soleil ! quel doux murmure que celui du ruisseau qui serpente au bord de la route ! que d'invitations à l'amour, dans les douces effluves de cette brise de mai si parfumée...!

La porte cochère de la poste aux chevaux de maître Claude était ce jour entourée d'une foule empressée criant et gesticulant. Il était neuf heures du matin, et comme c'était l'heure du déjeuner, presque tous les ouvriers des usines et tanneries de M. Noël étaient présents.

C'était le jour où Gilbert et Gaspard devaient quitter le pays, et, à Château-Renaud, autant qu'à Grandchamp, les deux jeunes hommes, comme tout ce qui du reste touchait en quoi que ce soit à la famille Noël, étaient très aimés et très estimés.

Une grande et belle chaise de poste, déjà attelée de quatre chevaux percherons vigoureux, stationnait devant la porte.

Les deux voyageurs, parcourant les groupes, donnaient des poignées de main de-ci, de-là ; Gilbert de très bon cœur, Gaspard, en méprisant souverainement les gens auxquels il les donnait ; mais qui s'en serait douté...? Son regard radiait et son sourire était tout aussi affable que celui de Gilbert.

M. Noël et mademoiselle Alphonsine, qui lui donnait le bras (tous deux avaient voulu assister au départ des deux jeunes gens) se trouvaient aussi dans cette foule si bienveillante pour eux, qui, avec un respect affectueux, s'ouvrait sur leur passage. Sans ses chagrins de famille, qui depuis longtemps l'avaient blanchi avant l'âge, que M. Noël se fût trouvé heureux au milieu de ces bons paysans, de ces braves ouvriers, dont son père et lui, par leur désintéressement, leurs bons conseils et, disons le mot, leur inépuisable charité, avaient fait le bonheur et la joie.

Enfin vint le moment des adieux, des embrassements, le moment difficile pour tous. Les postillons étaient à cheval. Le claquement de leur fouet était bien inutile pour réveiller l'ardeur des quatre percherons qui agitaient les grelots de leurs colliers et martelaient de leurs pieds vigoureux le pavé, qui éclatait en étincelles.

M. Noël et tous ceux qui assistaient à ce départ étaient émus. Mademoiselle Beaujeu ne put retenir quelques larmes en embrassant son cousin. Gaspard, en serrant avec une effusion feinte les mains à la jeune fille, eut pour elle une bonne parole qui la combla de joie.

— Aussitôt que Gilbert m'aura accrédité auprès des correspondants de M. Noël, lui dit-il avec un bon sourire, je me dépêcherai de vous le renvoyer; comme avocat, ma clientèle, qui n'est pas encore une chose sérieuse, me laissera bien tout le temps nécessaire pour m'occuper des affaires de la maison. Ainsi donc comptez sur moi.

— Que vous êtes bon, Gaspard, lui répondit franchement la jeune fille en lui pressant la main.

Enfin les jeunes hommes sont montés en voiture, les fouets font entendre une avalanche de claquements qui ressemblent presque à un roulement de fusillade ; les chevaux hennissent, la chaise s'ébranle, elle part, brillante sous un rayon de soleil, au bruit des acclamations de la foule, en soulevant derrière elle un nuage de poussière rose. Les deux voyageurs, le corps penché par les portières, font des signes d'adieu. Ils sont loin, on ne les voit plus...

La foule regarde encore quelques instants, immobile sur la route. La poussière tombe. La chaussée ne forme plus qu'une ligne blanche et unie.

Alors chacun retourne à ses travaux, et M. Noël et Alphonsine reprennent tristement le chemin de Grandchamp.

Le jour même, mais à onze heures du soir, deux cavaliers montés sur de bons chevaux de selle débouchèrent du chemin de Grandchamp sur la route de Tours.

L'un avait bien l'apparence d'un voyageur : une lourde valise en cuir était fixée sur le trousquin de sa selle, un manteau était roulé sur les fontes qui contenaient une bonne paire de pistolets d'arçon à deux coups bien et dûment chargés. L'autre n'avait rien de cet attirail de route, il montait en selle anglaise. Dans ces deux voyageurs le lecteur a déjà reconnu sans doute Gibon et Polygonne. On sait où allait celui-ci, quant à celui-là, il accompagnait son vieux camarade jusqu'à Tours, d'où il devait ramener les deux chevaux. A Tours, Polygonne devait prendre une diligence des messageries et continuer sa route. Il eût pu prendre une de ces voitures à Château-Renaud, mais comme il ne fallait pas éveiller la méfiance de maître Claude sur la sincérité duquel les deux grognards avaient depuis peu de graves soupçons, ceux-ci avaient cru plus prudent d'agir comme nous venons de dire.

Gibon profitait de la circonstance et du peu de temps qu'il avait à passer encore avec son vieux camarade, pour lui donner ses dernières instructions.

— Vois-tu, ma vieille, disait-il à Polygonne; l'affaire est beaucoup plus grave que nous ne pensions. Seulement, mille millions de gibernes ! il faut garder pour nous le secret de la difficulté de la position, et nous en tirer tout seuls. En effet, à quoi bon alarmer pour rien M. Noël, mademoiselle Alphonsine et Gilbert?.... Ah ! si ce vieux père Quille-en-Bois m'avait prévenu plus tôt ! Je te réponds d'une chose, c'est qu'il aurait fallu que je fasse connaissance avec ce vieux qui s'est remisé vingt-quatre heures chez Claude, comme un renard se rebuche dans son terrier. Quitte à l'enfumer, je l'aurais bien fait sortir, et je ne serais pas à me demander ce que ça peut être que ce citoyen, cette connaissance à M. Gaspard.

— Mais que crains-tu donc de ce côté ?

— Ce que je crains, tu le demandes, Polygonne ? mais que diantre veux-tu attendre de gens qui se cachent, comme ce vieux et comme Gaspard ? quand on se cache, vois-tu, pour arriver dans un pays et pour en partir ; quand on se cache pour faire quoi que ce soit, c'est qu'on a de mauvaises

intentions en tête, rappelle-toi ça, Polygonne. Si ce vieux était une connaissance de Paris à M. Gaspard, voyons, dis-le-moi, qu'est-ce qu'il avait à craindre à venir voir celui-ci au château ?

— C'est vrai, dit Polygonne.

— Et puis, vois-tu, reprit Gibon, ce voyage de ce vieux cachottier s'accorde si singulièrement avec le départ des jeunes gens que ça me fait faire des réflexions.

— Et il y a bien de quoi.

— Et puis le signalement du vieux maigriot, qui n'a qu'une peau de parchemin ridé sur le torse, que m'a donné le père Quille-en-bois, ressemble si bien à un autre signalement que dans le temps m'a donné M. Noël, que j'en frémis de rage de ne pas avoir pu mettre la main sur ce quidam de diable. Et si cet homme, c'était ce fameux baron de Pierrefond, qui dans les temps, a assassiné M. Noël et empoisonné madame Noël...

— Comment ! tu supposerais...?

— Je ne suppose rien, mon pauvre vieux ; rien de rien ; mais je crois que l'usturberlu n'est autre que l'amant de cette Saint-Fard, qui serait, d'après les on-dit, la mère de ce Gaspard.

— Mais je ne comprends pas bien.... dit Polygonne.

— Une sale et dégoûtante affaire, qu'il n'est pas absolument nécessaire que tu comprennes ; mais écoute bien, voici ce qu'il faut que tu fasses pendant qu'ici j'aurai l'œil sur M. Claude, qui me fait l'effet de ne pas être catholique du tout. Ce gaillard, j'en mettrais une main au feu, a gagné sa fortune à faire tout autre chose que du bien à son prochain.

— Il est de fait, dit Polygonne que sa frimousse ne m'est jamais revenue, et qu'elle me revient encore moins depuis que je sais qu'il a hébergé ce vieux, mais voyons la consigne. Qu'est-ce que j'aurai à faire, en arrivant à Paris ?

— Connais-tu la capitale ?

— Non, je n'ai jamais fait que d'en entendre parler.

— C'est pas beaucoup.

— Dame, c'est toujours ça ; un Iroquois n'en dirait pas autant peut-être...

— Eh bien, toi, qui n'es pas un mauvais garçon, tu te rappelleras bien le nom que je vais te dire, la rue des Bons-Enfants ?

— C'est pas difficile.

— Eh bien, au numéro 17 de cette rue, tu demanderas le père la Tulipe ; c'est un vieux brave, un vieux de la vieille. Il suffira que tu lui dises que tu viens de ma part, et qui tu es, pour qu'en vous serrant la main vous soyez une paire d'amis. Tu te logeras chez lui, et tâcheras, ce qui, je crois, ne sera pas difficile, de l'enrôler de façon à ce qu'au besoin il puisse te donner un coup de main. Tu ne bougeras pas de chéz lui avant d'avoir de mes nouvelles. M. Gilbert aussitôt installé à Paris, doit écrire à sa cousine pour lui donner son adresse, quand il aura écrit, je t'en dirai davantage...

Nos deux grognards, sans être des écuyers habiles, maintenaient leurs chevaux au grand trot. Le voyage fut court et se fit sans le moindre inconvénient.

. . . .

Gilbert et Gaspard, à la même heure, tous deux mollement enfouis dans les coussins de la chaise de poste, causaient.

Ils étaient encore, Gilbert surtout, tant en raison de son caractère que du genre de vie qu'il avait mené, à cet âge heureux où le cœur renferme bien des illusions. Au reste comment un homme dans la situation du fils de M. Noël n'eût-il pas eu des illusions, mieux encore, disons de riantes certitudes.

En effet, Gilbert était jeune, beau, très riche. Il aimait et il était aimé.

Qu'eût-il pu désirer de plus?

Rien, l'avenir s'ouvrait devant lui assuré, magnifique, resplendissant.

Gaspard, lui, avait un ver rongeur au cœur, mais son ambition ne lui montrait également l'avenir que sous de riantes couleurs. Mais avant la fortune il y avait le crime et Gaspard ne frémissait pas à l'idée du sang versé. Il ne se rappelait que la promesse que lui avait faite M. de Saint-Eve, de lui faire épouser mademoiselle de Beaujeu et ses millions.

Quel abîme que le cœur de cet homme...!

Il allait être minuit.

Gaspard se souleva légèrement et regarda son compagnon. Gilbert rêvait, les yeux ouverts, il pensait à *elle* ; Gaspard, ayant remarqué l'état de vieille de son compagnon, eût le sang-froid de se faire cette affreuse réflexion.

— Tant mieux qu'il ne dorme pas. Il eût dormi que je l'eusse peut-être tué, tant je le hais, et c'eût été imprudent.

Et achevant de se retourner vers Gilbert:

— A quoi penses-tu? lui dit-il.

Depuis deux ans que Gilbert et Gaspard vivaient sous le même toit, à Grandchamp, le premier n'avait jamais eu de secret pour le second, et l'avait en quelque sorte toujours considéré et traité comme un frère. Au reste, M. Noël, après avoir jugé du caractère de son fils, n'avait pas hésité à lui confier les secrets de sa vie, de sorte que Gilbert, sans juger en quoi que ce fût la conduite de son père et celle de Saint-Fard, aimait Gaspard, sans au-

cune espèce d'arrière-pensée. Disons aussi que ce dernier, avec une hypocrisie habilement calculée, avait mis un art infernal à capter l'affection et l'estime du trop confiant jeune homme.

— A quoi je pense, Gaspard? répondit Gilbert à l'interrogation de son compagnon. Oh ! mon Dieu, je pense à l'avenir ; et, à mesure que je m'éloigne de Grandchamp, plus je sens se développer en moi un vague regret d'en être parti ; dans certains moments, ce voyage que je fais, et qui hier encore me paraissait indispensable, me semble d'une bien moindre importance, et j'en arrive même à en discuter l'utilité.

— Mon cher Gilbert, permets-moi de te dire que c'est là, de ta part, un véritable enfantillage. Ton absence de Grandchamp ne durera en somme que quelques jours, un mois ou deux tout au plus, peut-être. Ce n'est guère la peine de sérieusement s'alarmer et prendre *le mal du pays*. Je ne te reconnais plus, que diantre ! toi l'intrépide et infatigable voyageur, qui autrefois, au dire de Gibon, serais gaiment parti pour faire le tour du monde, tu te chagrines et t'attristes pour un malheureux voyage d'une centaine de lieues. Laisse faire, mon cher, attends que nous soyons à Paris, et tu trouveras assez de distractions pour t'occuper. Vive Dieu ! ne crois pas mon très cher, que je cherche en ce moment à te prodiguer des consolations inutiles et banales comme on applique un cataplasme sur une contusion. Non, mieux que personne, crois-le bien, je comprends et apprécie les raisons qui te font t'attrister sur ton éloignement du toit paternel. Ce n'est point Grandchamp que tu regrettes, c'est la femme aimée, c'est Alphonsine. On ne commande pas à son cœur ; et, en amour, toute séparation produit toujours quelque déchirement. Tu sais si je suis ton ami, un frère ne te serait pas plus dévoué que moi. Parle-moi donc à cœur ouvert : confie-moi tes chagrins, tes peines, si tu en as ; mais surtout ne t'abrutis pas, en te plongeant dans la douleur jusqu'au cou. On se soulage de la moitié de ses peines, en s'épanchant avec un ami dévoué. Que diable, mon cher ami, je ne te trouve guère à plaindre, tu es jeune, tu as une santé de fer, tu seras millionnaire, quand tu voudras. Du reste, rien ne t'empêche d'agir comme si tu l'étais déjà. Tu aimes une femme charmante, qui possède toutes les qualités désirables ; cette femme t'aime, tu l'épouseras quand tu voudras. Décidément je te trouve bien difficile de te plaindre de ton sort. Dis-moi qui ou quoi s'oppose à ce que tu fasses tes quatre volontés, et que tu satisfasses tous tes désirs et tous tes caprices? Trouve-moi un bonheur plus complet, un avenir plus riant que le tien, surtout ayant des goûts

Une grande et belle chaise de poste, attelée de quatre chevaux percherons vigoureux. (Page 22.)

simples, comme tu en as ; car tu n'es pas de ces fous ambitieux, qui, quelque belle que soit leur position, n'en sont jamais satisfaits, se donnent beaucoup de tracas, pour obtenir une vaine gloire et se rendent même très malheureux, en s'épuisant à courir une foule de chimères.

Gaspard, en s'exprimant ainsi, jouait dans la perfection la naïveté la plus sincère ; sa voix était douce, persuasive, on l'eût pris pour un homme de cœur qui s'attriste à voir un ami se créer sans sujet, de véritables tourments. Il jouait à merveille le rôle d'ami *relevant le moral* d'un désespéré, et Gilbert était dupe de cette hideuse fourberie.

— Ecoute, dit-il à Gaspard : je suis forcé de convenir que tout ce que tu viens de me dire est parfaitement juste. C'est le langage de la raison que tu viens de me tenir, et je t'en remercie. Mais que veux-tu ? tu sais comme moi qu'on ne se fait pas. Je ne sais comment cela se fait, mais jamais je n'ai rien éprouvé de semblable. Tu es mon ami ou plutôt mon frère ; je puis donc t'ouvrir mon cœur sans avoir à craindre que tu m'accuses de faiblesse et que tu me tournes en ridicule. Eh bien, je me

sens le cœur serré, l'esprit soucieux ; il me semble qu'un malheur nous menace, moi, ou les êtres chéris que nous venons de laisser à Grandchamp. Je ne sais si tu me comprendras ou plutôt si tu me croiras, c'est l'excès même de mon bonheur qui m'effraie et m'attriste.

— Quelle folie ! murmura Gaspard, en haussant familièrement les épaules.

Pour la réussite de ses mauvais desseins, il comprenait qu'il devait tout faire pour rassurer Gilbert et le détourner des noirs pressentiments qui semblaient l'obséder.

— Oui, reprit Gilbert, et quand je me serai expliqué, tu seras forcé de convenir que j'ai raison, jusqu'à un certain point. Tu n'as donc pas remarqué que si, comme tu le disais, il n'y a qu'un instant, j'ai une santé de fer, on serait fort embarrassé d'en dire autant d'Alphonsine. Son état n'est pas sans nous causer, à mon père et à moi, de sérieuses inquiétudes. Il n'en serait pas ainsi qu'elle et moi serions mariés depuis longtemps.

— En ne brusquant rien, quant au mariage, dit Gaspard, ton père et toi, vous avez, il me semble,

Anges et Démons. XXX.

parfaitement raison. Quant à ta cousine, vous avez complètement tort. Est-ce que dans les deux sexes, et même dans tout ce qui vit et respire, il n'existe pas des êtres ou des sujets qui ne se développent, ne se forment que très tard ? Alphonsine est, à n'en pas douter, une de ces exceptions; attendez, prenez patience, et vous verrez bientôt la vérité de ce que je vous dis, mes suppositions se réaliseront tout à coup. Ta cousine ne souffre pas, son extérieur ne révèle aucun des symptômes qui sont propres à la phtisie ou à toute autre maladie de poitrine.

Le voyage des deux jeunes hommes dura deux ours. Gilbert et Gaspard revinrent longtemps et souvent sur ce sujet de conversation.

Gilbert, en proie à un fatal aveuglement, ouvrait franchement son cœur au traître qui ne rêvait que sa perte, et s'en réjouissait d'avance; il n'avait rien de caché pour lui: ses projets, ses appréhensions, ses espérances, il n'oubliait rien. Au reste, le fils de M. Noël n'avait pas ce qu'on appelle un secret à proprement parler. Il pouvait, sans la moindre crainte, mettre au grand jour de l'opinion publique toutes les actions de sa vie, depuis la plus importante jusqu'à la plus futile.

Gaspard, avec une adresse calculée, et afin de provoquer et justifier cet épanchement de son jeune ami, ne restait pas en retard; lui aussi, faisait des confidences à Gilbert; quelles confidences, bon Dieu...? Sans faire de grands efforts d'imagination, il s'arrangeait, comme étant le but de ses vœux et de ses désirs, une existence calme, assidûment remplie par le travail et s'écoulant au sein d'une honorable et confortable médiocrité.

Sur ces aveux, qui surtout semblaient partir du cœur, Gilbert se récriait et taxait Gaspard de trop de modestie.

— Tu peux et tu dois faire mieux que cela, lui disait-il, en l'encourageant à son tour. Tes premiers succès, obtenus dans tes examens ou à des concours le prouvent, et je suis d'avis que rien ne doit t'empêcher de te faire la position à laquelle tu as droit de prétendre.

Tu le sais, Gaspard, tu n'as rien à craindre de ce monstre, de cette mégère qu'on appelle la misère, qui torture à toute heure, à tout instant, ceux qu'elle touche de son aile et qui arrête et comprime l'essor de bien des gens.

Mon père et moi, non seulement nous nous faisons un plaisir, mais nous considérons encore comme un devoir de t'aider à atteindre la position que tu dois ambitionner et que nous ambitionnons pour toi.

— Un devoir? dit Gaspard en feignant l'étonnement.

— Oui, un devoir, répondit Gilbert; si nous sommes intimement convaincus, et nous le sommes, que tu dois être un jour un homme utile à la société, n'est-ce pas pour nous un devoir, vis-à-vis même de cette société, de te mettre à même de remplir ta mission ?

. . . .

On peut facilement deviner la suite de cette conversation. En arrivant à Paris, les deux jeunes gens causaient encore, en s'entretenant de ces sujets que nous venons de dire, et qui, pour eux, devaient être inépuisables. Du côté de Gilbert, la confidence était franche, trop franche, hélas! parce qu'elle s'adressait à un fourbe, dont il eût été prudent qu'il se méfiât. Quant à l'hypocrite, il jouait son rôle avec un aplomb et une habileté qui eussent étonné M. de Saint-Eve et ses complices eux-mêmes, que Gaspard allait bientôt revoir.

À Paris, les deux jeunes hommes descendirent dans un des bons hôtels de la rue de la Paix, et décidèrent, d'un commun accord, de partager le même appartement pendant quelque temps au moins.

VI

CHEZ MADAME DE SAINT-VENANT, DAME PATRONNESSE DE DIFFÉRENTES ŒUVRES DE CHARITÉ.

C'était le jour et à peu près à l'heure que nos deux voyageurs s'installaient dans un appartement très confortable de l'hôtel de la Paix. Il était deux heures de l'après-midi, environ, la rue de Verneuil était déjà, à cette époque, la rue aristocratique que tous les Parisiens connaissent. A droite et à gauche, presque dans tout son parcours, elle est bordée par des murs élevés, par-dessus lesquels de grands et beaux arbres étendent leurs vigoureux rameaux. Ces arbres sont ceux des jardins de propriétés splendides, dont la façade principale et l'entrée donnent dans la rue de Lille pour la plupart.

Cette rue de Verneuil bien unie, tirée au cordeau, presque toujours solitaire, et en partie dépourvue de boutiques (que pourraient y faire des marchands?), a quelque chose de froid et de monastique dans son aspect. Quoiqu'elle ait bien quelques agréments, à tout prendre, on se demande malgré soi, en la traversant, si on est bien dans le centre et dans un des plus riches quartiers de la ville que Camille Desmoulins appelait la capitale de l'atticisme par excellence.

À l'heure que nous avons dit, le 2 mai 1830, une voiture de maître, une sorte de coupé, attelé de deux grands chevaux mecklembourgeois, qui semblaient danser sur le pavé, en allant cependant d'une allure de quatre lieues à l'heure, pénétra dans la rue de Verneuil, par la rue des Saints-Pères.

Le siège de cette voiture était occupé par deux domestiques : l'un, le cocher, un homme énorme et majestueux, frisé, poudré, et fier sur son siège comme un coq sur le fumier de la basse-cour ; l'autre, un groom presque microscopique, qui ressemblait à un enfant à côté du colosse, son voisin.

Les deux laquais portaient une riche livrée, éclatante de fraîcheur ; les harnachements des chevaux étaient neufs, la voiture sortait des ateliers d'un de nos grands carrossiers. Il était facile de voir que le propriétaire de cette voiture était, sinon un homme riche, du moins un homme qui avait tout ce qu'il faut pour le paraître.

Le coupé s'arrêta à peu près au milieu de la rue de Verneuil, devant la porte fermée d'un hôtel qu'un mur haut de huit pieds empêchait de voir entièrement. Cet hôtel, séparé de la rue par une cour bien pavée, était large et semblait assez grand, quoi qu'il ne fût élevé que d'un seul étage, surmonté de combles.

Le rez-de-chaussée de la demeure aristocratique s'élevait à la hauteur d'un premier étage, ou plutôt d'un entresol. On y parvenait par un perron d'un aspect grandiose à double rampe, qui eût été plus en harmonie avec un jardin ou une pelouse, et des allées tournantes, qu'avec une cour pavée. Au reste, rien dans cette habitation, à la façade grise, aux lignes sévères jusqu'à l'austérité, ne prévenait en faveur des goûts du propriétaire pour les choses élégantes et gracieuses.

On apercevait bien, tout autour de la maison, de grands arbres formant de gigantesques massifs, mais ces arbres étaient si gros, si élevés, si serrés, qu'on eût dit qu'ils appartenaient à quelque antique forêt.

Au premier examen, on était frappé de l'aspect singulier de cette résidence. Un homme superstitieux l'eût trouvée sinistre. Un joueur sans souci l'eût bien vite vendue, pour ne pas l'habiter, si elle eût été à lui. Un observateur, un philosophe, après de mûres réflexions, eussent infailliblement conclu qu'il s'était passé ou qu'il se passait encore des choses extraordinaires dans cette maison.

En 1830, l'hôtel était habité par Mme la comtesse de Saint-Venant, une demi-célébrité du grand monde parisien… une… quelque chose de formidable comme puissance.

A peine l'élégant coupé se fut-il arrêté rue de Verneuil, devant la porte de l'hôtel, que la lourde porte de cette demeure seigneuriale tourna sur ses gonds. Le coupé entra, la porte se referma aussitôt, mais comme avec une noble lenteur. Un seul domestique en livrée et soigneusement poudré s'était seul montré pour faire cette manœuvre.

Par un demi-cercle, admirablement décrit par les mecklembourgeois, le coupé vint juste s'arrêter au pied de l'escalier de gauche du perron. Une autre voiture, un peu moins élégante peut-être, stationnait déjà dans la cour.

Un homme descendit du coupé. Il regarda la voiture déjà stationnaire, et la reconnut sans doute, car il laissa échapper un imperceptible mouvement d'impatience et dit :

— Diantre ! Est-ce que mon père serait déjà arrivé, si j'allais les avoir fait attendre, lui et la comtesse…

Et, sur cette réflexion, le visiteur s'empressa de gravir l'escalier, sur la première marche duquel il avait déjà posé le pied.

En le montant, il tira une magnifique montre de son gousset, regarda l'heure et murmura :

— Deux heures… C'est bien celle fixée pour notre rendez-vous ; je ne suis donc pas en retard, ce sont eux qui sont en avance, tant pis pour eux.

Celui qui s'exprimait, à part lui, avec ce sans gêne, vis-à-vis de ceux qui l'attendaient, était un homme de quarante-deux ans environ. Grand, mince, mis avec une recherche de bon goût, encore assez bel homme pour compter dans la catégorie des jolis garçons et des lions à tous crins de son époque, ce qui le distinguait surtout, c'était la réserve de ses manières, qui allait jusqu'à la raideur, la froideur de sa physionomie, et la confiance hautaine qu'il était évident qu'il avait en lui. On voyait qu'avant tout il s'efforçait de paraître distingué, et il parvenait non seulement à le paraître, mais encore à l'être, dans toute l'acception qu'on donne à cet adjectif.

Cet homme s'appelait le marquis du Leste. C'était le fils d'Isaac de Pierrefond, devenu baron de Saint-Eve par sa grâce ; et de Constance Pasqualet, qui avait imité le précédent, et, après les événements de 1815, avait troqué son premier nom de Saint-Fard contre celui de Saint-Venant.

Le crime était sans doute léger au sémillant marquis, car c'est à peine s'il se souvenait d'avoir assassiné M. Beaujeu, à Waterloo.

Quand il pénétra dans la vaste antichambre de l'hôtel, deux laquais, qui, assis sur de riches banquettes de velours, semblaient appliqués à conjuguer le verbe *s'ennuyer*, se levèrent avec un empressement marqué.

A l'hôtel, on savait que le marquis n'était pas toujours bien *tourné*, et on le croyait le neveu de la comtesse, qui l'aimait beaucoup, et était très *laide*, quoique dévote à l'excès.

Du Leste Justin passa devant les deux frontins, sans même paraître s'apercevoir que ceux-ci le saluaient jusqu'à terre. L'un d'eux s'étant empressé de lui ouvrir une porte, il pénétra dans une longue galerie froide, austèrement meublée, et tapissée de tableaux religieux, dans laquelle stationnait un troisième valet, qui n'avait pas l'air de s'amuser beaucoup plus que ses camarades de l'antichambre.

Chose étrange, tous ces domestiques, dans cet hôtel peu mondain, avaient des physionomies et des allures de gens d'église.

L'homme en livrée et de planton se leva comme un automate, alla vers une porte qu'il ouvrit, et qui donnait dans un salon ; puis annonça :

— M. le marquis du Leste.

Ensuite il s'effaça pour laisser passer le visiteur, qu'il salua aussi platement et aussi servilement que possible, en domestique bien appris qu'il était, et comme s'il eût eu l'échine et l'épine dorsale organisées exprès pour cela.

Quand le visiteur eut disparu, ce laquais referma la porte. Justin était en présence de ses parents et complices, qui l'attendaient depuis une demi-heure.

Madame la comtesse de Saint-Venant avait, en 1830, cinquante-quatre ans bien sonnés ; elle paraissait son âge, non parce qu'on la trouvait vieille, mais bien par l'air sérieux, majestueux et froid qu'elle se donnait. L'extérieur de cette femme glaçait généralement (qu'on nous pardonne l'expression) quand on la voyait pour la première fois. Elle n'avait cependant pas l'abord dur ou farouche ; et suivant les gens et les circonstances, elle savait être insinuante avec art, la placidité toujours calme de son visage, qui semblait être l'indice d'une conscience parfaitement tranquille, lui avait fait une réputation de vertu, dont elle tirait le plus grand parti possible. C'était une femme excessivement dangereuse. Si Gaspard, ce second fils de M. de Saint-Eve et de madame de Saint-Venant, était envieux du chef de son père, il était hypocrite du chef de sa mère.

La comtesse était une femme de grande taille, jouissant d'un embonpoint respectable. Elle avait sur de larges épaules une tête monumentale, bien soutenue par un cou charnu et long. Son front était haut, son nez aquilin ; quoiqu'elle eût encore de fort belles dents, elle ne riait jamais ; ses grands yeux étaient limpides et pleins d'éclairs, le regard avait quelque chose de fascinateur et d'imposant,

qui tenait sans doute de son étrange et fatigante fixité. Par quel privilège avait-elle dû conserver des traits sans rides et des cheveux noirs? nous ne saurions le dire, mais nous pouvons affirmer que pour atteindre ce juvénile résultat madame de Saint-Venant n'avait recours à aucun artifice. Elle avait ce teint pâle et mat qui, à un certain âge, décèle toujours une santé excellente et une forte constitution.

La fausse comtesse, en femme de tact, avait su adopter des manières, une démarche, une tournure en parfaite harmonie avec le reste de sa personne. Sa mise était toujours strictement sévère, de bon goût, presque indifférente de la mode, et lui seyait parfaitement.

Cette femme, dont la vie avait été si orageuse et si criminelle, avait un grand charme dans la voix ; elle était parvenue à exercer un si grand empire sur elle-même que, jamais, le masque de son visage n'avait un reflet des impressions et des colères qui l'agitaient elle-même intérieurement.

Depuis 1801, époque de la naissance de Gaspard, Constance, absorbée par ses sanglantes intrigues, qui avaient fait tant de ravages dans la famille Noël, n'entretenait plus que des relations de complicité et d'intérêt avec Isaac et n'avait point eu d'amants.

Le jour où la femme s'était faite tigresse, panthère ou hyène, elle avait perdu, sans secousse et naturellement, ses instincts de gazelle amoureuse.

Jusqu'en 1815, tant qu'elle n'avait pas bien compris toutes les difficultés de la tâche qu'Isaac et elle s'étaient imposée, celle de s'approprier la fortune des Noël, elle s'était contentée d'être un monstre de cruauté, une femme cupide, astucieuse, adroite, vindicative, cynique, marchant hardiment, sans scrupules et presque la tête haute, dans l'horrible sentier du crime, absolument comme d'autres suivent le chemin de l'honneur et de la vertu, en s'aidant de la morale et d'un travail souvent aride et trop pénible pour leurs forces.

Mais, en 1817, quand elle avait vu ses plans, ses combinaisons déjoués, ses espérances détruites ; quand elle avait compris que la carrière du crime pouvait devenir stérile pour elle : ayant pris conseil d'Isaac et de Justin, elle s'était décidée à s'engager dans une voie encore plus tortueuse que celle qu'elle avait suivie jusqu'alors.

Sans chercher à se rendre compte du parti qu'elle tirerait, au moment de rengager la lutte contre M. Noël, de sa nouvelle position, elle s'était, avec beaucoup d'habileté, transformée en dévote.

Par elle-même, la Saint-Venant (malgré nous, nous éprouvons un certain plaisir à qualifier ainsi cette femme méprisable, qui a existé et que nous avons connue, sous un autre nom, bien entendu) était riche. Isaac, le juif usurier de 1794, l'agent de Pitt, qui partageait et souvent dirigeait même les idées de sa complice, aidait encore cette dernière de tous ses moyens, et il était très riche.

Madame de Saint-Venant était dame patronnesse de plusieurs œuvres de bienfaisance ; elle était membre de différentes confréries ; son salon passait à juste titre pour l'un de ces laboratoires où dévotes et tartufes, ambitieux et jésuites, organisent, de compagnie, toutes ces mitrailleuses qu'ils déchargent sur leurs ennemis de tous les partis, aussitôt que la moutarde leur monte au nez.

C'était merveille que de voir les salons de l'hypocrite comtesse un jour de grande réception. Tout le clergé, depuis l'archevêque jusqu'à l'abbé, s'y trouvait représenté ; puis (qu'on se souvienne que Charles X était sur le trône), c'étaient des ministres, des préfets, des généraux, des colonels, des médecins, des avocats, des banquiers... des... Enfin, tous gens très avides et très ambitieux, déjà bien posés, qui devaient leur position à des intrigantes comme la Saint-Venant, opérant par l'intermédiaire d'un clergé tout-puissant, sur l'esprit d'un roi faible et dévot.

D'après ce que nous venons de dire, on comprendra facilement pourquoi l'hôtel de la rue de Verneuil avait un aspect monacal ; pourquoi les frontins qui l'habitaient y ressemblaient tous, sans exception, et malgré leurs livrées, à des bedauds et à des sacristains...

Telle était au physique et au moral la femme qui, en 1794, à l'âge de vingt-deux ans, avait fait métier de faire concurrence à toutes ces biches peu farouches qui s'essayaient à faire les Circé, au Palais-Royal, et pullulaient dans les galeries de bois, d'où elles furent chassées par le gouvernement de Juillet, comme le furent jadis les pharisiens et les marchands des abords du Temple par Jésus.

Cette existence toute d'apparence de la Saint-Venant en cachait une autre bien plus criminelle, dans laquelle elle avait pour seuls complices M. de Saint-Eve et son fils. Ces trois misérables caressaient plus que jamais la pensée de s'emparer des fortunes de M. Noël et de Mlle Beaujeu.

— Enfin, vous voilà ! dit simplement et sans humeur le baron de Saint-Eve, au marquis du Leste, en voyant pénétrer ce dernier dans le petit salon où lui et madame de Saint-Venant attendaient.

Avant d'aller plus loin, et afin de faciliter l'intelligence de ce récit au lecteur, indiquons bien quels étaient les rapports privés et publics de l'association Saint-Eve et Cⁿ.

Réunis, le baron, la comtesse et le marquis, étaient trois complices, dans toute l'acception du mot, et Justin savait parfaitement à qui il devait le jour. En public, le baron était un ami de la comtesse et du marquis ; celui-ci appelait la dévote sa tante, aussi souvent qu'il le pouvait. Les apparences étaient parfaitement à l'abri de toute médisance, grâce à ces petites précautions. Quant à Gaspard, qui allait bientôt venir renforcer le trio d'une unité, il connaissait depuis longtemps ses complices, il les avait même beaucoup fréquentés, soit isolément, soit réunis, de 1820 à 1826, à l'époque où il faisait son droit. Il avait comploté avec eux, connaissait leurs desseins, et s'y associait avec le plus criminel empressement. Depuis quelques jours seulement, à l'hôtel des trois piliers, chez Claude, M. de Saint-Eve lui avait appris que la dévote était sa mère, mais il ignorait complètement que le baron fût son père, et le marquis du Leste, son frère aîné.

— Oui, me voilà, M. le baron, répondit le marquis, mais si vous me reprochez de vous avoir fait attendre, je vous répondrai que vous avez été un peu pressé d'accourir à notre rendez-vous. Il n'est juste que deux heures, l'heure convenue, après tout ; sans doute que vos chevaux sont meilleurs que les miens...

— Farceur ! fit le baron, en faisant une légère grimace.

Il avait toujours à cœur, comme déjà en 1815, de fournir aux dépenses de son fils, et, tout en trouvant que ce dernier s'entendait parfaitement à jouer du gentilhomme et du grand seigneur, il maugréait parfois de ce qu'il allait aussi rondement à mener la vie à grandes guides qu'à conduire sa voiture.

La grimace du baron fit éclore un sourire furtif sur es lèvres de marbre de la majestueuse Saint-Venant, elle dit :

— Si le baron est en avance, marquis, c'est qu'il vient de moins loin que vous, qu'il est parti de meilleure heure, que sa montre avance, ou, pour tout autre motif, mais, pour Dieu, ne parlez ni chevaux, ni argent, ni voitures, et surtout ne vous chicanez pas pour des enfantillages.

— Vous en parlez à votre aise, comtesse, reprit le baron d'un ton légèrement boudeur, on voit bien que ce cher marquis ne vous a jamais rien coûté, et qu'il ne vous coûte pas davantage aujourd'hui. Si, comme moi, vous étiez forcée de l'entretenir...

Et le baron ponctua cette phrase par un soupir.

Le marquis, avec un aplomb qui ferait le plus grand honneur à un petit crevé de nos jours, répondit au soupir de l'auteur de ses jours par un haussement d'épaules.

Quant à la Saint-Venant, sans paraître attacher la moindre importance aux jérémiades paternelles, elle se leva et dit à voix basse :

— Passons dans mon oratoire; là, les murs sont sourds, et on n'a pas à y redouter l'indiscrétion d'un domestique écoutant aux portes, puisqu'il faut traverser ce salon avant d'y parvenir.

Le baron se leva, et, suivi du marquis, il répondit, sans mot dire, à l'invitation de la Saint-Venant.

Celle-ci souleva une portière de velours, qui masquait une porte en chêne très épaisse, qu'elle ouvrit. Les trois complices pénétrèrent ensuite dans l'oratoire, sans même savoir ce qu'ils allaient faire dans ce sanctuaire consacré à la prière.

Ce lieu de retraite, à l'abri de toute oreille indiscrète, répondait parfaitement à son nom; l'oratoire de madame la comtesse de Saint-Venant avait une certaine réputation parmi les dévotes du faubourg Saint-Germain.

C'était une pièce de dix pieds carrés éclairée par deux grandes croisées, qui ouvraient sur le jardin, dont les arbres ne laissaient pas pénétrer un grand jour dans l'oratoire. Ce dernier était tapissé de velours noir relevé et retenu par des baguettes et des petites patères d'ivoire; c'était d'un effet riche et saisissant. Les fenêtres faisaient face à la porte. Il n'y avait aucun meuble de ces deux côtés. Sur le mur de gauche s'appuyait le prie-dieu, entre deux fauteuils. Le long du mur de droite, entre deux autres fauteuils, il y avait une bibliothèque, garnie de tous les livres connus en religion. Tous ces meubles étaient en ébène massif, les fauteuils recouverts en velours noir, garnis de rosace en passementerie blanche. Les livres étaient reliés en maroquin violet foncé, tout uniformément.

Un grand crucifix en ivoire était appendu au-dessus du prie-dieu. Il avait, à sa gauche, une descente de croix imitée du Titien, à sa droite une vierge (immaculée conception) copiée sur celle du Louvre de Murillo; à ses pieds, une tête de mort. Les peintures étaient dans des cadres noirs; c'étaient d'assez bonnes copies, faites par des artistes d'un médiocre talent, qui, on pouvait le parier, faisaient partie des confréries que patronnait la comtesse. Les femmes peintres, qui n'ont rien du feu sacré qu'exige leur vocation, ont le monopole de la décoration des oratoires du faubourg aristocratique. Il est à remarquer que toutes ces femmes sont généralement laides. Elles auraient plus de mérite, il nous semble, si elles étaient jolies, à renoncer à Satan, à ses pompes, etc...

Nous pouvons affirmer que l'oratoire de madame Saint-Venant, qui, pendant tout le mois de Marie, était transformé en chapelle, servait à tout autre chose qu'à prier; nous laissons aux initiés de la sacristie et du confessionnal le soin de préciser l'importance du sacrilège que se préparaient à commettre la Saint-Venant, son ex-amant et son fils naturel.

Une minute, que disons-nous? une seconde suffit aux trois personnages pour prendre place sur trois des fauteuils, le quatrième était sans doute destiné d'avance à Gaspard...

— Eh bien, dit le marquis du Leste, qui, en affaires, n'aimait sans doute pas les longs préambules, avez-vous, mon cher père et ma chère tante, exécuté nos dernières conventions? Vous, baron, êtes-vous parvenu à attirer Gilbert, remorqué par Gaspard, à Paris? Et vous, comtesse, êtes-vous arrivée à vous procurer cette belle et innocente jeune fille qui doit supplanter Alphonsine dans le cœur de son cher cousin?

— Gaspard et Gilbert, répondit le baron, seront ce soir à Paris. Claude, de Château-Renaud, m'a prévenu de l'heure de leur départ, en m'apprenant de quelle façon nos jeunes gens voyagaient. J'ai reçu la lettre de Claude ce matin; Gilbert et notre ami courent la poste, la lettre ne doit avoir sur eux que quelques heures d'avance, tout au plus.

— Où logeront nos voyageurs en arrivant à Paris?

— A l'hotel de la Paix, rue de la Paix, répondit M. de Saint-Eve.

— Très bien, à votre tour, comtesse.

Quoiqu'il fût le plus jeune, rien d'étonnant à ce que le marquis du Leste, dans la circonstance, parût conduire les opérations de la ténébreuse et sanglante association. Il était toujours la partie agissante du trio. Si grand que fût le danger, hardi, rusé, doué d'un grand esprit d'expédient, il n'hésitait jamais à se jeter, tête baissée, dans l'aventure et même à se compromettre. Aussi, comme il avait parfaitement conscience des services qu'il avait rendus déjà, et qu'il était encore appelé à rendre à ses complices, qui avaient plus de prudence que de courage, il n'eût pas fallu que le baron lui refusât la moindre des choses, quand il s'agissait pour lui de satisfaire à ses plaisirs.

— Eh bien, dit la comtesse à son tour, je n'ai encore rien trouvé; c'est beaucoup plus difficile que vous ne pensez. Comment voulez-vous que je déterre une femme comme il vous en faudrait cependant une : jeune, belle, rusée, paraissant sage et naïve, ayant de bonnes manières, de la candeur, une certaine instruction et cupide, afin que l'amour de l'argent la fasse passer par-dessus bien des choses.

— Et vous n'avez pas trouvé ça? reprit le marquis avec étonnement. Il me semble que ce n'était cependant pas bien difficile, que les trois quarts des femmes ont des dispositions, non par cupidité, mais par amour du luxe et de la toilette, à jouer le rôle que vous venez de dire. Que nous importe que notre sujet soit un monstre de dépravation et de cynisme ? pourvu qu'il fasse notre affaire. Tenez, comme je vois que vous n'entendez absolument rien à la chose, et que je parie, qu'avant tout, vous craignez de compromettre votre réputation de sainteté, en faisant quelque ouverture à des novices rétives, je vais me charger de nous recruter une auxiliaire ; je n'ai rien à risquer, moi ! En y réfléchissant, je commence à croire que j'ai votre affaire, mais cela coûtera horriblement cher.

A cette demi-révélation, le baron poussa un soupir, qui ne pouvait laisser aucun doute sur la nature de ses préoccupations.

— Voyons, baron, lui dit le marquis ; il ne s'agit pas de crier avant qu'on ne vous écorche, comme les anguilles de je ne sais plus quel pays. Est-ce de ma faute, si madame et vous ne pouvez nous fournir ce dont nous avons besoin, et si je suis forcé de vous trouver l'objet demandé ? Si, en raison du prix, vous ne voulez pas de la femme que je vous offre, cherchez-en une autre ; du reste, en ce moment, je ne conçois rien à votre mauvaise humeur ; qui vous parle de dénouer les cordons de votre bourse ? En tout état de choses, nous ne paierons ma protégée, que quand elle aura mené l'affaire à bonne fin ; c'est-à-dire, quand, sans le savoir, elle m'aura mis à même d'envoyer, à l'aide d'un bon coup d'épée, M. Gilbert voir si les choses se passent autrement dans l'autre monde que dans celui-ci. Et alors, notre complice d'occasion, devant être payée sur les fonds de l'association, nous devrions, madame la comtesse et moi, vous imiter ; cependant, il me semble que nous ne disons rien, et c'est je crois, ce qu'il y a de mieux à faire de beaucoup ; n'êtes-vous pas de mon avis, comtesse ?

— Oh ! parfaitement, voyons, baron, le marquis a raison, dit madame de Saint-Venant ; laissez-le plutôt nous dire deux mots de son sujet, ainsi qu'il l'appelle ; parlez, marquis.

— Mademoiselle Camille a vingt-deux ans, commença M. du Leste ; elle a été pendant deux ans ma maîtresse, et je l'ai quittée, il y a un an environ, il était temps que je m'en défasse. Cette petite, que j'ai eu la sottise d'aimer, et qui a eu le bon esprit d'exploiter cette sottise, devenait si prodigue, que je ne doute pas que, par mon intermédiaire, elle ne fût parvenue à vous ruiner, tout riche que vous êtes, cher baron ; mais j'ai eu pitié de vous.

M. de Saint-Ève fit entendre une sorte de grognement sourd, le marquis continuait :

— Cette fille est une charmante créature, belle comme un ange et rouée comme un démon ; elle a, en outre, de l'esprit naturel et assez d'instruction pour remplir le rôle que nous lui destinons, et ne sera pas déplacée dans vos salons, comtesse.

C'est une courtisane, une prêtresse de l'amour, comme ces sortes de femmes étaient, et comme on les comprenait chez les anciens.

Je ne sais pourquoi, ou du moins j'ai une multitude de raisons abstraites pour supposer que Camille a des affinités de naissance avec un grand acteur ou une grande actrice ; il y a de tous les types en elle ; elle est ce qu'elle veut paraître : courtisane ou ingénue, grande dame ou petite bourgeoise ; enfin, sous ce dernier rapport, c'est un Protée féminin des plus compliqués.

Sans être cupide, elle a tellement le goût du luxe, que l'argent ne glisse pas, mais fond entre ses mains ; de sorte que, quoi qu'elle fasse, elle est souvent très embarrassée ; c'est ce qui me fait supposer, surtout si nous la saisissons dans un moment de gêne, qu'elle n'hésitera pas à servir nos desseins, pendant quelques jours, et qu'elle les servira bien.

— Où demeure cette intéressante bayadère ? demanda madame de Saint-Venant.

— Je n'en sais rien, dit M. du Leste.

— Alors c'était bien inutile de nous en parler et de nous mettre l'eau à la bouche.

— Ah ! tranquillisez-vous, reprit le marquis, mademoiselle Camille n'est pas aussi introuvable qu'une femme sans amants, pour l'excellente raison qu'elle en a déjà eu beaucoup. Nous vous quittons ; monsieur le baron va m'accompagner, et, avant la nuit, nous aurons trouvé le bipède que nous cherchons.

— Vous accompagner ! et pourquoi ? demanda M. de Saint-Eve d'un ton presque bourru.

— Avez-vous peur que je vous dévore ou que je vous vole ? répliqua le marquis. Il le faut, venez, je m'expliquerai chemin faisant, si Gaspard et Gilbert sont arrivés ; le temps presse.

VIII

DANS LEQUEL IL EST CLAIREMENT DÉMONTRÉ QU'UNE VIEILLE RICHE PEUT FACILEMENT COLLABORER AVEC UNE JEUNE, SURTOUT QUAND IL S'AGIT DE TOUT AUTRE CHOSE QUE D'UNE BONNE ACTION.

Camille, dans le demi-monde dont elle était l'une des reines, était connue sous le nom significatif de mademoiselle Don Juan ; elle ne se fâchait pas de cette appellation au moins singulière pour une femme, au contraire. La tourbe de bohêmes, hommes et femmes compris, dans laquelle elle aimait à s'égarer parfois, sauf à y tomber un jour, ne l'appelait jamais que madame Putiphar : un nom qui valait bien le premier, dont, à tout prendre, il est plus synonyme qu'on ne pense.

Le marquis du Leste savait tout cela ; en fait de choses scandaleuses, que ne savait-il pas, cet aimable marquis ? Quoiqu'il fût parfaitement vrai qu'il n'entretînt plus aucune relation avec son ancienne maîtresse, il connaissait encore et savait où prendre quelques-uns des Joseph ou autres, que Camille avait eu l'honneur de compter parmi ses dernières victimes.

Au bout d'une heure de courses à peine, nos deux complices apprirent que Camille, dite Don Juan, dite Putiphar, demeurait rue Richelieu, au n° 84.

En se dirigeant vers cette nouvelle rue, M. du Leste fit un mouvement assez brusque dans la voiture, de façon à attirer sur lui l'attention de son compagnon, qui semblait s'obstiner à regarder par la portière qui était à sa gauche, pendant que du Leste était à sa droite, comme si ce qui se passait dans la rue, sous ses yeux, eût été très extraordinaire ; M. de Saint-Ève se retourna presque brusquement du côté de son fils. Sa figure renfrognée trahissait toute sa mauvaise humeur.

— Que diantre ! s'écria-t-il, avez-vous à m'emmener chez cette gourgandine qui, en ce qui la concernait, vous a si puissamment aidé à faire sortir de ma caisse bon nombre de billets de banque ?

— Ah ! cher monsieur, répondit du Leste avec cette ironie qu'il n'abandonnait jamais quand il s'adressait à l'auteur de ses jours, ce qui eût pu faire supposer que la guerre était comme toujours déclarée entre eux ; je vois enfin où le bât vous blesse, et je comprends parfaitement pourquoi vous ne tenez pas en très grande estime cette gourgandine, comme vous l'appelez...

— Sans être précisément avare, reprit M. de Saint-Ève, en interrompant son fils, je n'aime pas les gens qui, sans savoir rien faire pour gagner beaucoup d'argent, s'entendent cependant parfaitement à jeter celui-ci par la fenêtre.

— Dois-je prendre ma part de cette petite méchanceté ? demanda M. du Leste à son père.

— Oh ! parfaitement ; à ce sujet, faites comme vous voudrez. Toujours est-il qu'il me semble qu'il eût été grandement temps de me faire connaître cette demoiselle Camille, quand elle eût été chez madame de Saint-Venant, sans me contraindre en quelque sorte à la voir aujourd'hui.

— Je vous ai déjà dit, reprit du Leste, que votre présence m'était indispensable pour mener mes projets sur cette femme à bonne fin. Je vous ai également dit que je m'expliquerais chemin faisant ; j'en ai juste le temps, si je veux vous expliquer votre rôle, de façon à ce que vous puissiez bien vous pénétrer de son importance. Veuillez je vous prie, m'écouter tranquillement.

— Parlez, dit le vieillard en laissant échapper un geste d'impatience.

Il était profondément froissé de tenir de son fils le rôle qu'il avait à jouer dans cette ténébreuse et peu délicate affaire.

Cependant, quand le marquis eut terminé son exposé, un éclair de joie sillonna rapidement le front du baron et se fixa dans son regard.

Il est certain que M. de Saint-Ève était enchanté. Il était forcé de s'avouer à lui-même que l'idée de son fils était très bonne, que c'était même la plus praticable, et il ne songea même plus à critiquer le rôle que l'on voulait lui faire jouer.

Quand son fils se tut :

— Ah ! diantre..., s'écria-t-il d'un ton joyeux et empressé, une riche idée que vous avez eue là, marquis.

Ce dernier, qui n'avait pas cessé un instant d'observer le rusé vieillard, et qui avait compris en partie ce qui se passait dans l'esprit de celui-ci, reprit en riant :

— Alors, mon père, en fait d'idées, vous ne me croyez donc capable que d'en avoir de mauvaises. Le soupçon est peu charitable de votre part, faut-il vous l'avouer ? Mais, tenez, nous voici arrivés chez mademoiselle Don Juan. Faisons en sorte de bien nous tenir tous deux ; car c'est une fine mouche, et il faut nous arranger de façon à ne point lui laisser pénétrer le fond de nos intentions ; sans quoi, elle serait assez mijaurée pour nous refuser son concours, qui nous est indispensable pourtant. Elle doit croire à une plaisanterie, voilà tout.

— C'est parfaitement entendu et convenu, dit le baron.

Le père et le fils descendirent de voiture ; et, après que le concierge du 84 leur eût assuré que mademoiselle Camille Don Juan était chez elle, ils montèrent rapidement au premier étage.

Le marquis n'avait rien exagéré en parlant de la beauté de Camille, et en énumérant ses grâces et qualités ; loin de là, il était plutôt resté au-dessous de la vérité.

C'était une belle, gracieuse et mignonne créature que mademoiselle Don Juan. Elle était spirituelle, terriblement gaie, et prenait la vie pour une très longue et très facétieuse plaisanterie.

La réunion était peu nombreuse (Page 38.)

C'était une enfant terrible doublée d'un singe malin et adroit et augmentée d'une femme capricieuse à l'excès, coquette avec une frénétique passion et très intimement convaincue depuis longtemps que le vice rapporte plus que la vertu.

Au moment où le marquis du Leste la visitait, suivi du baron de Saint-Ève, la sirène, malgré ses succès toujours croissants et sans être complètement *à la côte*, avait cependant quelques raisons de se plaindre de la fortune. Par sa faute, un de ses protecteurs, qui lui payait annuellement pour une cinquantaine de mille francs de colifichets, venait de se faire bêtement tuer en duel.

N'eût-été que l'homme, qu'elle eût sans doute ri de l'accident ; mais les cinquante mille francs de toilettes et bibelots.... C'était grave, très grave même, on en conviendra.

Camille, sans pourtant s'en attrister plus que de raison, était donc dans une fâcheuse disposition d'esprit le jour de la visite du marquis. Ce dernier savait ou prévoyait tout cela, et il s'en réjouissait, autant que d'autres, dans la prévision d'une pro-

messe d'argent, s'en fussent probablement attristés.

Quand le marquis sonna, une femme déjà âgée (quelque écumeuse de boulevards sur le retour vint lui ouvrir.

— Veuillez aller demander à votre maîtresse, dit le marquis à la vieille dame, si elle est disposée à me recevoir. Vous ajouterez que je lui amène un mien ami, qui a à l'entretenir d'une affaire *très productive* de la plus haute importance.

Le marquis avait appuyé sur les mots *très productive* que nous avons soulignés. Il termina en glissant à la fois dans la main de la vieille duègne sa carte de visite armoriée et un louis. Un homme qui se présentait avec des manières si aimables ne pouvait manquer d'être obéi sur-le-champ.

En effet, pour remplir sa mission avec plus d'empressement, la duègne sut retrouver ses jambes de quinze ans ; car ce fut à peine si elle resta deux minutes absente ; elle revint pour prier les deux visiteurs de la suivre au salon.

Camille Don Juan, quoiqu'elle fût bien privée par suite de la mort que nous avons signalée, était cependant encore entourée de tout ce qui constitue le confortable, même un confortable très élégant, pour ne pas dire luxueux.

La jeune femme en lisant le nom écrit sur la carte de visite avait souri et dit avec empressement à la femme trop âgée pour que nous la qualifions de cameriste ou de soubrette.

— Ce cher marquis, allez vite le chercher : vous ne le connaissez pas, Rosalinde; vous verrez comme il est drôle et bon garçon. Je suis certaine qu'il me fera rire malgré mes chagrins.

Quand le marquis du Leste eut débité trois ou quatre banalités à Camille, auprès de laquelle Rosalinde l'avait introduit avec force cérémonies que nous pourrions qualifier de singeries et qu'il eut présenté son ami M. de Saint-Eve, il dit à Camille, en prenant un siège et en s'asseyant :

— Belle dame, serions-nous importuns en vous proposant de passer aux affaires sérieuses ?

— Oh ! mon Dieu ! marquis, comment pouvez-vous me faire une telle question et supposer que vous pouvez être jamais importun avec moi. Savez-vous que je vous ai fort regretté, quand nous nous sommes quittés ; cependant, depuis, je me suis réjouie de cette rupture, quand j'ai réfléchi que si nous eussions continué à nous voir, vous eussiez pu être tué à la place de ce pauvre Lorency.

— C'est-à-dire, répondit assez insolemment le marquis, que si j'avais été à la place de *chose* ou de *machin*, j'aurais tout simplement tué mon adversaire et vous ne seriez pas forcée de vous mettre en deuil.

— Croyez-vous que cela soit bien nécessaire ? demanda mademoiselle Don Juan avec un impitoyable sang-froid. Ce Lorency était devenu si méchant, qu'il me battait.

— Passons... dit du Leste.

— Oui, aux affaires sérieuses, reprit la folle.

— Êtes-vous en voie de conquête en ce moment ?

— Comment l'entendez-vous ?

— Je demande si, malgré votre veuvage, vous vous sentez disposée à faire une conquête jeune, charmante et surtout productive.

— En pareille circonstance, je suis toujours disposée.

— Eh bien, voici ce dont il s'agit. Monsieur a un fils, dit le marquis, en désignant M. de Saint-Eve.

— Dont il s'agit de faire l'éducation ? demanda Camille.

— Non et oui.

— Comment, non et oui ?

— Ce jeune homme, reprit du Leste, veut se marier contre la volonté de ses parents.

— C'est-à-dire à sa tête, ce qui n'est déjà point si bête, fit observer la lorette.

— Que dites-vous, Madame ? demanda M. de Saint-Eve, en feignant d'être épouvanté du ton que prenait celle qu'il était venu trouver comme on vient trouver un collaborateur pour une mauvaise action.

— Oh ! rien qui prouve, Monsieur, qu'il doit y avoir quelque chose de commun entre mes paroles d'aujourd'hui et mes actes de demain.

— Ah ! très bien, Madame, mais un instant vous m'avez effrayé, et je vous conjure de ne plus me faire à l'avenir de ces peurs-là.

— Ecoutez, Camille, reprit le marquis du Leste, le jeune homme dont il s'agit est enamouré d'une jeune fille, qui, quoique riche, n'est pas un bon parti, elle n'a pas deux liards de santé et mourra poitrinaire avant peu ; et notre homme n'aurait plus alors qu'à se résigner à mener une existence des plus empoisonnées, d'autant mieux qu'il pourrait en quelque sorte s'accuser de la mort de sa femme, puisque les médecins prétendent dès aujourd'hui que le mariage tuera la jeune fille dont il est question. Comme le jeune homme dont il s'agit est tant soit peu mon cousin, qu'outre cela je l'aime beaucoup, je ferai tout ce qui dépendra de moi pour l'empêcher malgré lui de faire une bêtise et de conjurer le malheur qui le menace. Me comprenez-vous ?

— Parfaitement, mais que puis-je faire dans tout cela ? demanda mademoiselle Don Juan.

— Il faut qu'avec vos beaux yeux et tout le reste de vos avantages vous ensorceliez mon cher cousin.

— Quel profit aurai-je à cela ?

— D'abord on vous permet de lui manger le plus d'argent possible, et il est riche, jouissant des biens de sa mère.

— Voici qui est bon à savoir.

— Enfin, dit le marquis, M.. père de notre étourdi, vous donnera cent mille francs, quand le stupide mariage dont il vient d'être question sera définitivement rompu.

— C'est bien ; maintenant où est le jeune indigène ?

— On vous le présentera dans quelques jours.

— Où ?

— Chez une dame où il va falloir nous suivre et vous installer d'ici à deux ou trois jours.

— Cela se complique, mais je ne comprends pas... dit Camille.

— Ecoutez, reprit du Leste qui semblait accaparer le dé de la discussion ; notre jeune homme a trente ans, mais il a été élevé au village par une mère dévote et un père de mœurs rigides, aussi est-il un peu sauvage ? il a des idées tout opposées

aux vôtres sur le vice et sur la vertu. C'est lui qui
a tort, j'en conviens; mais enfin, c'est ainsi, il n'y
a rien à y faire. Je l'amènerais ici, vous seriez
pour lui, ce que vous êtes toujours, la meilleure et
la plus franche des filles, qu'il se sauverait en
criant au scandale et se croirait perdu. Dans ce
cas, notre entreprise serait manquée. Les cent
mille francs et le reste seraient perdus pour
vous.

— Ce qui serait fort désagréable, dit mademoiselle Don Juan, car vous m'avez si franchement
exposé la chose que j'y comptais déjà sur ces cent
mille francs, absolument comme si je les eusse
tenus dans mon porte-monnaie ; mais, voyons,
dites-moi enfin ce qu'il faut que je fasse pour les
avoir ; je suis complètement à vos ordres.

— Eh bien, reprit le marquis du Leste, Monsieur
et moi, nous connaissons dans le faubourg Saint-
Germain une dame très respectable chez laquelle
nous allons vous conduire. C'est chez elle que vous
ferez la connaissance de M. Gilbert Noël, qui y
sera amené par un soi-disant qui ne le quitte pas
plus que son ombre.

— Et qui trempe dans l'affaire ! demanda la lorette.

— Sans doute, répondit M. du Leste ; M. de
Saint-Eve a tant fait pour lui...

— Que par reconnaissance... cela se comprend
et de reste... fit la vierge folle ; mais cela ne me
regarde pas. Ce qui m'importe le plus, c'est cette
dame du faubourg Saint-Germain, qui ne me semble
pas tout à fait aussi respectable que vous voulez
bien le dire, si elle prend une part active à tout le
tripotage dont il est ici question.

Le marquis du Leste se pinça les lèvres de dépit.
La pénétration et la logique de mademoiselle Don
Juan l'effrayaient pour l'avenir. Cependant il reprit
avec une incroyable audace :

— Vous chipotez, Camille, écoutez, c'est très
facile à voir ; mais je crois que vous feriez mieux
de vous expliquer catégoriquement : Est-ce oui ?
Est-ce non ? Si c'est non, tant pis pour vous ;
quant à moi, je puis vous l'assurer, je ne serai
nullement embarrassé. J'avais pensé à vous parce
que vous êtes une bonne fille, que j'avais quelques
remords de la façon dont je vous ai quittée et que
je voulais réparer mes torts. Vous me refusez les
moyens de me donner cette satisfaction ; très bien,
je me rabattrai sur Loctoïska ou sur Bergeron-
nette.

— Allons, marquis, ne me faites point mourir
de jalousie ; vous savez bien que ces deux femmes
sont mes ennemies. Je vous répète que je suis à
vos ordres.

Le marquis du Leste acheva en peu de mots, de

donner ses instructions à mademoiselle Don Juan.

Celle-ci l'écouta sans l'interrompre et en jetant
par moments de joyeuses petites exclamations.

L'idée d'aller jouer, pendant quelques jours à la
femme honnête, à la jeune fille cloîtrée chez le
Saint-Venant, lui semblait en effet très drôle.

Le soir même, elle était installée dans l'hôtel de
la rue de Verneuil, et s'entendait à merveille avec
la digne matrone qui, à tous égards, était si digne
de la piloter dans la voie du vice, voire même
dans celle du crime.

Le piège était tendu.

IX

GASPARD COMMENCE A POUSSER LE PLUS SOURNOI-
SEMENT POSSIBLE GILBERT DANS LE PIÈGE TENDU
PAR M. DE SAINT-ÈVE ET COMPAGNIE.

Gaspard, le lendemain de son installation à l'hôtel de la Paix, songea de suite à dresser ses batteries, afin de faire tomber le fils de son bienfaiteur
dans l'infâme guet-apens que nous venons de voir
préparer au marquis de Leste et consorts.

Les deux jeunes hommes étaient réunis dans le
salon commun qui servait également de salle à
manger. Il était onze heures du matin ; ils déjeu-
naient. Tous deux s'étaient préalablement habillés
pour faire des visites. Gilbert devait aller se mettre en relation avec les correspondants de son père.
Gaspard se préparait tout simplement à aller comploter avec les siens. « D'excellents amis, disait-il
à son naïf compagnon, que j'ai eu beaucoup de
peine à laisser à Paris, quand je les ai quittés et
chez lesquels je te présenterai avant peu ; des
gens très bien qui m'ont aidé à ne pas trouver le
séjour de Paris nauséabond, ce qui n'eût pu manquer d'arriver avec les goûts que j'ai et que tu me
connais. »

La veille, avant de faire quoi que ce soit, Gilbert
avait écrit à sa cousine, à laquelle il n'avait cessé
de penser, pendant tout le voyage de Tours à Paris.
Dans cette lettre, il donnait son adresse à Paris,
bien entendu, pour l'excellente raison qu'il était
certain qu'Alphonsine lui répondrait, et qu'il comptait beaucoup sur cette correspondance, de la jeune
fille, pour ne pas trop s'ennuyer dans la grande
ville, où il y en a tant qui s'amusent, sans s'apercevoir qu'ils se ruinent, se déshonorent et se
damnent en même temps.

La lettre de Gilbert, écrite et mise à la poste, à
l'insu de Gaspard, par un simple hasard qui, pour
un instant, s'était chargé d'éloigner Méphistophélès

de Faust, devait donc parvenir à son adresse; Alphonsine devait la communiquer à Gibon, qui, de son côté, devait sur-le-champ envoyer ses dernières instructions à Polygonne, en invitant instamment ce dernier à se mettre en mouvement dans le sens convenu.

Quoi qu'il en fût, les deux jeunes hommes ce matin se quittèrent, après leur déjeuner, et se rendirent chacun de son côté à ses affaires. Tous deux, retenus dans les différentes maisons où ils allèrent, rentrèrent fort tard, et ne se virent plus de la soirée. Le lendemain, d'assez bonne heure, comme si Gilbert et Gaspard eussent été des Parisiens habitués à se lever quelquefois quand le laboureur finit sa journée à la campagne, le fils de M. de Saint-Eve entra familièrement, sans frapper, dans la chambre de celui qu'il appelait son ami à chaque instant.

Gilbert venait de se lever et s'habillait. Après le bonjour d'usage en pareille circonstance, Gaspard s'écria joyeusement, en s'assayent à cheval sur une chaise, absolument comme on fait chez soi.

— Mon cher, il faut convenir qu'en venant à Paris à cette époque nous jouons sérieusement de bonheur.

— Je ne te comprends pas bien, explique-toi, dit simplement Gilbert.

— Eh bien, mon cher ami, il nous arrive la chose la plus agréable qui pouvait nous arriver. En un mot, j'ai une grande, une bonne nouvelle à t'apprendre; celle d'une véritable bonne fortune. Tu sais, cette bonne et charmante comtesse de Saint-Venant, dont je t'ai si souvent parlé.

— Oui, parfaitement, répondit Gilbert d'un ton qui paraissait indifférent relativement à celui de son ami.

— Cette femme qui est aussi grande par le cœur qu'elle est grande dame par la fortune, la noblesse de sa race, etc..., etc...

Gilbert sourit en voyant le feu que mettait son ami à parler de madame de Saint-Venant, et dit:

— Diantre, mon cher Gaspard, comme tu t'enflammes à propos de ta comtesse, si je ne la savais âgée de cinquante-six ans, je soupçonnerais fort que tu en es épris, et je te ferais un reproche de m'avoir caché cet amour-là. Mais, franchement, madame de Saint-Venant pourrait très bien avoir une fille.

— Elle n'a qu'une nièce, dit Gaspard.

— Qui demeure chez elle?

— Oui.

— Alors, en l'état, c'est sans doute tout comme si elle était sa fille. Voyons, avoue-moi franchement que tu es follement épris de la nièce de la comtesse.

— Non, non pas, dit Gaspard; je ne saurais confesser une chose qui n'est pas. Mademoiselle Camille de Saint-Eve est, il est vrai, une adorable personne, mais, outre que je ne me sens aucun goût pour elle, je sais que ma position ne me permet point et ne me permettra jamais d'aspirer à la main d'une aussi riche héritière. Pour mille raisons, je ne suis donc pas plus amoureux de la nièce que de la tante. J'ai toujours beaucoup raisonné, tu le sais, et, ce qui mieux est, raisonné assez juste; devant toi, je puis le dire sans craindre d'être taxé de vanité. Eh bien, je suis convaincu que m'éprendre de la personne dont tu parles serait la plus grande folie que je pourrais faire.

— Tu prends bien soin de te défendre, fit Gilbert en riant; est-ce qu'en plaisantant j'aurais touché juste? Tu connais le proverbe...?

— Oui, je connais le proverbe, répondit Gaspard; mais je te réponds qu'il est complètement faux, quant à moi et à l'affaire qui nous occupe. Au reste, quand tu auras vu madame de Saint-Venant et sa nièce, je suis convaincu que tu me donneras parfaitement raison de penser comme je fais. Si donc je t'ai parlé de la comtesse avec un certain enthousiasme, c'est que, même en frappant à la porte de son hôtel, je tremblais de trouver visage de bois. Nous sommes au 4 mai, le temps ne peut être plus beau pour la saison; eh bien, tous les ans, madame de Saint-Venant a l'habitude de passer la belle saison à la campagne, dans une de ses propriétés, et tous les ans, quand le temps est favorable à ses projets de villégiature, elle part à peu près à cette époque. Me comprends-tu maintenant?

— Parfaitement, dit Gilbert; tu n'allais chez elle que tourmenté par la crainte d'arriver après son départ.

— Sans doute, et elle eût été partie que je l'eusse regretté bien vivement, surtout pour toi.

— Comment, pour moi? demanda Gilbert au moins étonné par cette révélation aussi singulière qu'inattendue.

— Dame, sans doute, reprit Gaspard de sa voix la plus mielleuse et en redoublant d'hypocrisie; n'es-tu pas trois ou quatre fois millionnaire? ne vas-tu pas épouser une femme dont la fortune égale au moins la tienne? Quand vous serez mariés, pourras-tu résister au désir si légitime de faire admirer une femme qui fera ton bonheur et ton orgueil? Pourrez-vous malgré la simplicité de vos goûts, sauf à commettre un crime de lèse-société, faire autrement que d'adopter la manière de vivre des gens riches? Alors, pendant ces beaux mois de la lune de miel, pour rompre en visière à tous les importuns, y compris ton serviteur, vous voyagerez d'abord; puis, quand tu auras fait admirer à ta femme les pays que tu connais pour les avoir déjà parcourus, quand l'hiver viendra, en soufflant de sa grosse voix, ramener le froid aquilon sur un cortège de glace et de neige, ne serez-vous pas heureux de revenir à Paris à tire-d'aile ? Pourquoi vous refuseriez-vous le plaisir si délicat d'entendre, de voir et de juger nos chefs-d'œuvre de la littérature et d'autres ? Si vous agissiez autrement, à quoi donc servirait, bon Dieu ! d'être jeunes, intelligents, riches et libres...? Eh bien, quand vous serez à Paris, ne serez-vous pas très satisfaits d'avoir pour amie une femme comme madame la comtesse de Saint-Venant? Je t'ai déjà dépeint son caractère, sa manière d'être ; je t'ai dit ses opinions et la façon dont elle était posée dans le faubourg Saint-Germain ; enfin...

— Assez, assez, dit Gilbert, je comprends, et de reste, pourquoi c'eût été surtout pour moi que tu eusses regretté l'absence de la comtesse, si celle-ci n'eût pas été à Paris. Ta main, Gaspard, je suis forcé de confesser une fois de plus que tu es le meilleur, le plus sincère et le plus prévoyant des amis ; tu penses à tout, quant à moi, on serait tenté de croire que je cherche par tous les moyens possibles à me dérober à la reconnaissance que je te dois pour tous les petits services que tu m'as déjà rendus et que tu ne cesses de me rendre.

Les deux jeunes hommes se serrèrent la main avec effusion. Quelle franchise d'une part... Quelle hypocrisie de l'autre...!

— Ton amitié me rend en gros ce que la mienne fait pour toi en détail, dit Gaspard.

— Revenons à nos moutons, ou plutôt à notre sujet, reprit Gilbert ; tu as vu la comtesse ; dis-moi sa réception.

— Fort amicale comme toujours, reprit Gaspard, comme elle fait ma position dans la famille Noël ; ce n'est pas non plus hier que je lui ai parlé de toi pour la première fois. Je n'ai donc eu qu'à dire un mot pour te rappeler à son bon souvenir. Quand elle a su que tu étais à Paris, elle a de suite manifesté le désir de te voir.

« Je reçois demain en famille, rien que mes plus intimes, m'a-t-elle dit, amenez-moi votre ami, je désire bien ardemment le connaître.

— Et qu'as-tu répondu ? demanda Gilbert.

— Que je t'y conduirais.

— Et c'est ce soir ?

— Que nous y allons, oui.

— Accepté.

. . . .

Il est neuf heures et demi du soir ; que le lecteur veuille bien s'introduire avec nous dans cet hôtel de Saint-Venant (donnons-lui ce nom, à défaut d'autre), dans lequel nous l'avons déjà fait pénétrer une fois.

Madame de Saint-Venant, on le comprend, appartenait à la catégorie des ambitieux de son parti : son ambition, son rêve, c'étaient des millions à remuer à la pelle, suivant la pittoresque expression de son digne complice, M. de Saint-Ève ; les millions des Noël et des Beaujeu, en un mot.

Mais comme, en attendant qu'elle pût brasser ces millions de ses mains blanches ornées de superbes diamants, elle puisait à son gré dans ceux de son compère, sa maison à double fin, comme on va le voir, était et passait à juste titre pour un modèle d'élégance dans le noble faubourg.

Ailleurs nous avons dit quelles étaient la disposition et l'ornementation presque monastiques du rez-de-chaussée de l'hôtel de Saint-Venant. C'était dans cette partie formant l'avant-garde de sa demeure que la comtesse recevait *officiellement* les membres des confréries dont elle faisait partie, les dames patronnesses comme elle, les dames de charité, le frétin du clergé, les solliciteurs des deux sexes, ses amis intimes, avec lesquels elle ne se gênait pas, et enfin ses complices, comme on l'a vu.

Qu'on nous pardonne l'expression, le rez-de-chaussée de l'hôtel était à ce dernier ce que sont les bureaux, la caisse etc., à l'hôtel d'un banquier. C'était là où l'on s'occupait spécialement d'affaires.

Les plaisirs étaient relégués au premier ; mais dans cet arrangement rien d'exclusif. Comme la comtesse était partout, toujours et quand même, l'ambitieuse, il lui arrivait fréquemment de s'occuper d'affaires dans les salons du premier étage.

C'est au reste ce que nous allons lui voir faire :

Disons en terminant que ses appartements du premier ne ressemblaient en rien à ceux du rez-de-chaussée.

Ceux-là au moins n'avaient rien de monacal et ne péchaient pas par une effrayante et ascétique austérité.

Sans être meublés avec un luxe écrasant dont la signification est souvent celle du proverbe : « C'est de la poudre qu'on jette aux yeux », tout y était d'un confort de haut goût parfaitement en rapport avec l'âge de la maîtresse de la maison :

Les jours de réception l'éclairage, cette pluie d'or et d'étincelles des galas, devait être splendide, si on en jugeait au nombre des lustres, candélabres et lampadaires de tous genres. Comme toutes les femmes qui ont toujours vécu en chattes très gâtées, madame de Saint-Venant aimait beaucoup les fleurs, et elle possédait des serres dont elle était justement fière, aussi les jours de fêtes en mettait-elle partout à profusion, et la profusion pour les fleurs et les dentelles seulement est un luxe de bon goût.

Le soir où Gaspard devait amener Gilbert à l'hôtel de Saint-Venant, à neuf heures, comme nous l'avons dit, la comtesse, M. de Saint-Eve, Camille, et le marquis de Saint-Eve étaient réunis dans l'angle d'un petit boudoir, pendant qu'une dizaine de personnes, des amis intimes, étaient réunis dans un salon voisin, disposé comme pour un jour de gala; « le tout en l'honneur de M. Gilbert Noël, » avait pensé madame de Saint-Venant, sans rien dire à ses simples invités du salon.

Dans la circonstance la comtesse avait agi avec beaucoup de tact:

La réunion était peu nombreuse, afin d'éviter d'ébaubir le jeune débarqué de province par une foule dont il n'avait pas l'habitude dans ses *trous* de Grandchamp et de Château-Renaud. Etonné, renversé, par une première visite, Gilbert, s'il n'aimait pas le monde, s'il n'était pas fait pour lui, et cela pouvait parfaitement arriver, ne remettrait pas le pied chez ses ennemis.

D'un autre côté, Gilbert était riche, et il était bon de lui donner du premier coup une haute idée de la fortune de la comtesse, pour l'excellente raison qu'on est généralement disposé à supposer des vues désintéressées aux gens riches.

On peut apprécier les raisons qui avaient déterminé la Saint-Venant à réunir si peu de monde chez elle, tout en donnant une apparence de grande fête à ses salons.

Dans cette circonstance grave, Gaspard avait été préalablement consulté, et la comtesse n'avait agi que d'après les révélations qui lui avaient été faites sur le caractère de la victime.

— Pensez-vous qu'il vienne? demandait la Saint-Venant, en partageant un regard interrogateur entre le marquis et le baron.

— Pour sûr, il viendra, dit du Leste.

— Je suis même étonné qu'il ne soit pas ici, ajouta M. de Saint-Eve.

— Vous avez vu Gaspard.

— Sans doute, dit du Leste, et il m'a affirmé que notre adolescent était tout préparé, disposé, ne se doutant de rien, et presque disposé à laisser incendier son cœur, son âme et le reste par les regards assassins de mademoiselle votre nièce.

— Voyons, marquis, la position est sérieuse et tendue; je vous en prie, ne plaisantons pas.

— Mais je ne plaisante pas du tout, reprit du Leste, en affirmant que tout maintenant dépend de Madame, vous sentez-vous en veine ce soir, Don Juan.

— Parfaitement, sans pourtant répondre du succès, je vais faire de mon mieux pour gagner les cent mille francs,

ASSAUT D'HYPOCRISIE ET DE FRANCHISE

— Ah! quant à faire tout ce qui dépendra de vous pour gagner vos cent mille francs, je n'en doute pas, dit le marquis du Leste à la vierge folle, c'est même parce que j'en suis intimement convaincu que je dors à peu près sur les deux oreilles, quant au succès de notre entreprise.

Le marquis achevait à peine sa phrase, qu'un domestique, en livrée des grands jours, venait parler bas à la comtesse, si contraire que cela fût aux lois de l'étiquette.

Mais on était au boudoir; et, entre complices, on ne se gêne pas.

— Sauvez-vous, marquis, sauvez-vous, monsieur Noël, on m'annonce l'arrivée de nos jeunes gens; et vous savez bien que notre étourdi de Gilbert ne doit pas vous voir ici; sans cela, il se garderait bien de vous donner la satisfaction de lui voir faire la moindre infidélité à sa chère Alphonsine, et, du premier jour, il prendrait en grippe ma nièce, si jolie qu'elle soit.

La comtesse parlait encore que M. de Saint-Eve et M. du Leste étaient déjà loin.

Cette petite scène de haute comédie avait été jouée, et très habilement, pour bien convaincre mademoiselle Don Juan que le baron et le marquis étaient bien sérieusement le père et le cousin de Gilbert Noël; la chose était nécessaire, afin que la lorette, qu'on savait une fine mouche, n'eût aucun soupçon de choses qu'elle n'avait nullement besoin de savoir. Aussi la Saint-Venant avait-elle appelé Isaac M. Noël.

— Allons, ma chère enfant, dit, en se levant, la comtesse à la Don Juan; en avant! nos batteries sont chargées, il s'agit de faire feu, et de démonter notre homme du premier coup; du tact surtout; et n'oubliez pas, pour Dieu! (la Saint-Venant avait des exclamations à elle), que c'est à la conquête d'un jeune homme au cœur d'or, mais follement épris, que vous marchez.

Sur cette dernière recommandation, ces deux femmes pénétrèrent, l'une derrière l'autre, dans le salon, dans lequel Gaspard et Gilbert entraient au même instant par une porte opposée.

Camille était ravissante, dans sa toilette simple et de bon goût: on l'eût parfaitement prise pour une ingénue. Ce qui ne l'avait pas empêchée, aux dernières paroles que sa prétendue tante lui avait adressées, de se faire cette réflexion :

— J'ai là, pour tante, une gaillarde qui, dans son temps, à dû en faire des grises ; qui, Dieu ! j'en suis sûre, m'aurait rendu des points. Et, c'est dame de charité aujourd'hui... Allons, décidément, ma fille, il ne faut pas désespérer de l'avenir, puisque, comme l'instruction, la beauté mène à tout.

La belle Camille eût pu ajouter : « même à l'hôpital. »

Et elle eût été dans le vrai.

Gaspard était assez familier chez madame de Saint-Venant, aux yeux des invités de cette dernière, pour ne pas y aller par *quatre chemins*, en présentant son cher ami Gilbert.

Il s'avança donc avec sa hardiesse d'homme de talent, dont il avait déjà su se faire la réputation, aux yeux des connaissances de la Saint-Venant, vers cette dernière qui, ainsi que sa nièce, avait déjà eu le temps de s'asseoir et de prendre place parmi ses peu nombreux invités, qui tuaient le temps en causant politique et en discutant l'attitude nouvelle que prenaient le roi et le ministère Polignac qui, en se fourvoyant, à l'envi, préparaient, sans s'en douter, la révolution de Juillet.

Inutile de dire que l'attitude des ministres manquait d'énergie et que la croisade contre le libéralisme n'était pas poussée avec assez de vigueur aux yeux de tous les invités de la comtesse, tous abonnés à la *Quotidienne*, un journal qui oubliait de prendre des gants pour accuser le ministère de modération et de tolérance.

— Madame, dit Gaspard en s'inclinant profondément devant la comtesse et Camille, je vous ai bien souvent parlé de mon bienfaiteur, de M. Noël, de cet homme charitable à qui je dois tant, c'est-à-dire ce que je suis et ce que j'espère être un jour, avec votre gracieux appui et celui de nos amis ; je vous ai également parlé de son fils, mieux et plus qu'un frère pour moi. Hier, quand je vous ai dit que ce frère, cet ami était ici, à Paris, vous m'avez dit simplement, avec votre grande âme et votre noble cœur, qui vous font pressentir la vertu là où elle est réellement : « M. Gilbert Noël, mais je l'aime déjà, et depuis longtemps, en raison de tout le bien que vous m'avez dit de lui, je désire qu'il soit des nôtres. Dites-lui ce que je suis, ce qu'est ma maison, et amenez-le-nous en ami. » Madame, j'ai parlé, j'ai répété vos propres paroles à Gilbert ; il n'a pas hésité, il est venu, et je vous le présente maintenant, madame, c'est à vous et à vos généreux amis à lui répéter à lui-même tout le bien que nous avons dit et pensé à son sujet dans ce salon, avant qu'il y vînt.

Gaspard se tut, et s'inclina assez bas pour déposer un baiser sur la main que la comtesse lui offrait presque.

La révolution de 1830 et les Anglais ont fait disparaître de nos mœurs cette galante habitude de saluer, en public, les dames de sa connaissance en leur baisant la main. Aujourd'hui, hommes et femmes, se serrent la main à *l'anglaise*.

— Monsieur, dit alors la comtesse à Gilbert, qui, à son tour, s'inclinait devant elle ; je ne vous dirai rien de tout ce qui a pu se dire ici, à votre sujet, de cette façon, je vous éviterai à tous deux un moment d'embarras. Seulement, en vous tendant la main je vous dis : Soyez le bien venu, et vous affirme que je suis très sensible à l'honneur que vous me faites d'avoir répondu à mon invitation.

Gilbert s'inclina et imita Gaspard, c'est-à-dire qu'il déposa un baiser sur la main encore fort présentable de la Saint-Venant.

Il avait déjà un pied dans le piège, le malheureux... !

La présentation et la réception avaient été intimes, amicales et en dehors des règles ; faites par d'autres que par un hypocrite et une femme capables de tous les crimes, qu'elle eût été admirable de sympathie et de franchise.

Cette soirée se passa à faire connaissance. Gilbert, qui était la franchise même, fut facile à éblouir et à gagner, pour tous ces gens, dont ceux qui avaient les meilleures intentions trouvaient très avantageux d'enrôler sous leur drapeau un homme plusieurs fois millionnaire, et qui faisaient tous leurs efforts pour atteindre ce résultat intéressé.

En raison de la scène qui s'était passée entre lui et Gaspard, et de ce que ce dernier lui avait dit de la nièce de madame de Saint-Venant, Gilbert, insensiblement et en homme indifférent d'abord, examina attentivement mademoiselle Don Juan, et finit par l'admirer consciencieusement. Camille était si belle ! et jouait son rôle d'ingénue avec tant de perfection ; si *Agnès* qu'elle fût, il n'était nullement extraordinaire qu'elle fût un peut curieuse comme toutes les femmes, qui généralement le sont beaucoup (au reste ne nous en plaignons pas, car c'est bien souvent plutôt à cette irrésistible curiosité qu'à un véritable amour que nous devons de les posséder), surtout à l'endroit d'un joli cavalier, qui avait à ses yeux l'attrait de l'inconnu. Aussi ne se priva-t-elle point de jouer de la prunelle dans la direction de Gilbert, qui ayant surpris au passage plusieurs de ces regards incendiaires, avec une naïveté calculée, trouva peut-être la prétendue nièce de madame de Saint-Venant encore plus jolie qu'elle n'était réellement.

Peut-être était-il intérieurement flatté qu'elle

lui accorda une aussi bienveillante attention ? Nous sommes tous les mêmes, sous ce rapport, sans aimer une femme, sans être disposé à l'aimer, nous sommes tous très fiers, quand elle est jeune, jolie, adulée, qu'elle veuille bien, en tout bien tout honneur, nous distinguer de la foule. Et c'est fort naturel.

Quant à Camille, la vie qu'elle menait n'était point faite pour lui laisser le droit d'être difficile. Cependant, disons-le, sur n'importe quel terrain, dans n'importe quel milieu, elle eût rencontré Gilbert, elle se fût sentie toute disposée à éprouver pour lui au moins un caprice passager, et ce sont parfois les plus violents.

Le rencontrant dans les salons de la Saint-Venant, elle se souvenait de son traité, au bout de l'exécution duquel étaient les cent mille francs du prétendu père de Gilbert; et aucun homme, cet homme eût-il été un Dieu, ne valait cent mille francs aux yeux de la vierge folle, qui, du reste, avait des idées assez justes sur la valeur intrinsèque de la plus *noble* moitié du genre humain.

Cependant Camille, en femme d'esprit qu'elle était, devait se dire, et ce fut ce qu'elle fit :

« Je ne suis pas mademoiselle Don Juan pour rien. Il m'est défendu de m'approprier M. Gilbert qui, au reste, ne voudrait pas d'une femme qui se jetterait carrément à sa tête; mais il m'est ordonné de me faire aimer de lui. Eh bien, puisque je ne puis le séduire, il faudra bien que ce soit lui qui me séduise. Si ça ne finit pas comme ça, c'est que je serai une f..... bête... Il faut un *séduit* de nous deux.

A une heure du matin, Gaspard et Gilbert quittaient l'hospitalière maison de madame de Saint-Venant, et montaient en voiture, pour regagner leur hôtel.

Quand ils furent durement assis sur les poudreux coussins d'un véhicule numéroté, Gaspard dit à son compagnon, afin d'obtenir de lui un compte rendu de ses premières impressions :

— Eh bien, qu'en dis-tu? Qu'en penses-tu ?

Gaspard, par prudence, évita de prononcer le nom de Camille, quoique ce fût à celle-ci, à elle seulement que se rapportassent ses deux interrogations : *Qu'en dis-tu...? qu'en penses-tu ...?*

— Je pense et je dis que tu as bien fait de me conduire chez madame de Saint-Venant; je t'en remercie bien sincèrement. Toutes les personnes que j'ai vues chez elle, ce soir, sont simples; et comme j'aime les gens (suivant la recommandation de la comtesse, et afin de ne pas effaroucher Gilbert, le petit cénacle ultramontain avait cessé de causer politique, à l'arrivée des deux jeunes gens, de sorte que Gilbert n'avait vu, à la réu-

nion, que des gens du monde, sans supposer des gens de parti). Oui, ma foi! tout ce monde est très bien et m'a beaucoup plu, de sorte que, pendant mon séjour à Paris, je reviendrai chez la comtesse, aussi souvent qu'elle voudra bien me le permettre, et quand mes affaires n'exigeront pas ma présence ailleurs.

— Madame de Saint-Venant, dit Gaspard, reçoit, comme aujourd'hui, en petit comité, tous les lundis, mercredis et jeudis. Tous les samedis, elle donne à dîner et grande soirée.

— C'est bon à savoir, dit Gilbert; je sais bien que les jours où j'irai chez elle de préférence seront ceux où la réunion sera restreinte, comme ce soir. Mais dis-moi, causons un peu de mademoiselle Camille.

— Eh bien? demanda Gaspard avec une indifférence affectée.

— Eh bien, elle est charmante.

— Ne t'avais-je pas prévenu ?

— Oui, mais elle est bien autrement charmante, qu'on ne le comprend d'ordinaire par cette banale expression, et je trouve que tu as grand tort...

Gilbert eut un moment d'hésitation.

— Tort...? fit Gaspard, en feignant l'étonnement.

— Oui, tort, grand tort de ne pas t'oublier au point d'aimer mademoiselle Camille, dit carrément Gilbert.

— D'aimer mademoiselle Camille! dit Gaspard, en s'arrêtant sur ces mots, pour laisser échapper un éclat de rire; comment, après tout ce que je t'ai dit, peux-tu revenir sur ce sujet? Moi, épouser mademoiselle Camille! voyons, y penses-tu? parles-tu sérieusement, en disant cela ?

— Très sérieusement ; et, pour être franc comme toujours, je te dirai que je trouve détestable la meilleure des raisons que tu m'as données. Comment! il s'agit d'une femme qui, j'en suis certain, est la bonté même, qui n'a qu'un défaut, à tes yeux, celui d'être riche; corbleu ! c'est bien quand l'amour commande, que l'or devient une chimère.

— L'or n'est jamais une chimère que pour celui qui n'en a pas, dit Gaspard; écoute bien ce que je vais te dire, Gilbert; moi aussi, je vais te parler franchement.

— Oh! je n'en doute pas, répondit Gilbert avec conviction.

— Eh bien, retiens bien ce que je vais te dire : mademoiselle Camille et madame de Saint-Venant, sa tante, sont deux femmes, dont je t'ai analysé tous les mérites. Pour toi, un homme, trois, cinq, dix fois millionnaire, elles resteront toujours les mêmes, et ne varieront pas d'une

Quant à Camille, la vie qu'elle menait (Page 40)

syllabe. Pour moi, un pauvre hère, c'est bien différent ; elles seront toujours les mêmes, tant que je ne ferai rien qui puisse les forcer à s'apercevoir que je ne suis qu'un pauvre bâtard, élevé par la charité de son père; mais le jour où l'ignoble chenille voudra se faire brillant papillon, le jour où l'homme osera élever son regard jusqu'à Camille, ces dames me repousseront du pied, comme quelque chose d'abject et de vil, en haussant les épaules. Pour elles, je ne serai plus l'avocat Gaspard, qui pouvait espérer arriver à la fortune et à la gloire en atteignant la cinquantaine; je ne serai plus qu'un misérable fou. Quand on est pauvre, Gilbert, est-ce qu'il est raisonnable d'aimer de riches héritières, et d'avoir des enfants, quand on se marie ? Non, non, mon ami, le temps n'est plus où les rois épousaient des bergères et réciproquement. Il n'y a plus de saint Vincent de Paul, pour adopter les petits abandonnés.

Et après une pause d'une seconde, Gaspard reprit : Oh ! Gilbert, que ton amitié me pardonne mes dernières paroles ; je me suis trompé ; oui, il y a encore des saint Vincent de Paul ; puisque ton père, ton digne et bon père, a été le mien Mais, conviens au moins qu'ils sont rares.

— Je ne conviens de rien, répliqua Gilbert, sinon qu'il y a de l'amertume dans ce que tu viens de me dire.

— Je te jure que non.

— A t'entendre, on dirait que tu aimes Camille — je le crois du reste — et qu'effrayé, sans raison, de la distance qui vous sépare, tu viens d'exhaler tes regrets. Ta réponse est aussi lamentable que les prophéties de Jérémie lui-même, Gaspard, et, en me la faisant, tu me fais l'effet de ressembler furieusement à ce certain Renard gascon, d'autres disent normand, du bon la Fontaine...

— Ta comparaison est fausse, mon cher Gilbert, dit Gaspard, en interrompant son ami. Le renard médisait des raisins qu'il ne pouvait atteindre; moi, je dis, au contraire, beaucoup de bien de mademoiselle Camille.

— D'accord, mais tu n'en prétends pas moins ne pas l'aimer, parce que tu ne peux ou que tu crois ne pouvoir l'obtenir.

— Mais, je ne l'aime pas, te dis-je, entêté que

tu es, dit encore Gaspard, sur un ton de belle humeur, qui servait de correctif au dernier mot de sa phrase, qu'autorisait, du reste, son intimité avec Gilbert.

— Laissons toutes ces subtilités et causons sérieusement, reprit ce dernier. Le plus grand défaut, le seul que tu aies à reprocher à mademoiselle de Saint-Venant, c'est d'être trop riche. Eh bien, moi, en deux mots, je vais trancher cette importante question d'argent, qui, dans le siècle d'or où nous vivons, a bien sa valeur, je l'avoue.

— Je suis curieux de voir comment tu vas t'y prendre, dit Gaspard ; c'est seulement pour cela que je t'écoute, puisque je n'aime pas Camille ; parle.

— Eh bien, dit Gilbert, en prenant un ton sérieux qui n'était pas dans ses habitudes, jusqu'à ce jour nous avons été amis, frères ; eh bien, c'est véritablement que nous sommes frères.

— Que me chantes-tu là, à propos de mademoiselle Camille de Saint-Venant? dit Gaspard, je t'avoue que j'ai grand'peine à m'y reconnaître dans toutes tes fraternités. Ce que je sais, la seule chose que je sais, c'est que je t'aime de cœur et d'âme.

— Gaspard, continua Gilbert, nous sommes frères, parce que M. Noël est ton père, tout aussi bien qu'il est le mien.

L'hypocrite, qui, depuis quelques instants avait parfaitement compris où Gilbert voulait en venir, feignit si bien le plus profond étonnement, que ce dernier dût entreprendre une longue explication pour convaincre son ami, de ce qu'il croyait lui-même être une vérité. Sur ce point délicat de la paternité de M. Noël, quant à Gaspard, celui-ci était beaucoup plus avancé que son trop franc compagnon.

Néanmoins, l'explication terminée, les deux jeunes hommes, d'un mouvement spontané, se jetèrent dans les bras l'un de l'autre et se tinrent longtemps étroitement embrassés.

La voiture s'arrêta et mit fin à cette scène pathétique.

Dans cette circonstance, Gaspard fut sublime d'hypocrisie, en admettant que l'horrible, arrivé à la perfection, puisse jamais avoir un côté sublime.

L'explication que venait de lui donner Gilbert, lui avait suggéré cette réflexion qui témoigne du machiavélisme de son esprit :

« Dans toute cette affaire de millions, je crois que je serais très prudent, en ménageant la chèvre et le chou. Si ma complicité avec M. de Saint-Eve et autres ne me rapporte rien, l'amitié de cet imbécile me rapportera, bien certainement, une bonne part dans la succession de son père. Ce garçon serait de force à partager son dernier morceau de pain avec moi ».

Les deux jeunes hommes descendirent de voiture. Rentrés dans la pièce commune de leur appartement :

— Assieds-toi là, dit Gilbert à son compagnon, que j'achève l'explication commencée.

L'hypocrite prit un siège, sa dupe l'imita et continua :

— Tout ce que je t'ai dit, dans la voiture, mon cher Gaspard, notre père avait d'abord eu l'intention de nous le cacher, jusqu'à sa mort ; nous ne devions apprendre la vérité que par son testament écrit depuis longtemps déjà. Ce que ce testament renferme, notre père ne me l'a pas dit, mais la veille de notre départ, bien convaincu de l'affection qui nous unissait l'un à l'autre, il me fit la révélation que je viens de te faire, il me la fit, en me disant : « Si une circonstance grave se présente, à Paris, et que tu sentes la nécessité de tout dire à Gaspard, agis comme tu l'entendras, ce que tu feras sera bien fait. »

Aujourd'hui, la circonstance est grave. Comme moi, tu es en âge d'être marié. Eh bien, tu te trouves en présence d'une jeune fille que tu aimes, j'en suis sûr ; peut-être l'aimes-tu à ton insu, comme on aime, quand la moindre espérance ne vient encourager nos désirs. Mademoiselle Camille est riche et le reste, et tu ne l'aimes pas, dis-tu? Eh bien, je gage et mets en fait, que demain, si tu étais riche, tu l'aimerais, parce que tu pourrais espérer la posséder un jour. Au reste, comment faire autrement? Comment, toi, un esprit fin et délicat, ne pas aimer une jeune fille aussi accomplie que celle dont nous parlons?

Enfin, voici où je veux en venir, mon cher ami ; je vais être heureux, je veux que tu le sois. Je vais épouser Alphonsine, je veux que tu épouses mademoiselle de Saint-Venant. Pour que ce dernier mariage s'accomplisse, il faut que tu sois riche, tu l'es, tu l'es autant que moi, à compter de ce soir. La fortune de notre père nous appartient ou nous appartiendra un jour, par parties égales.

Gaspard s'attendait bien à quelque chose de ce genre, à une dotation, mais non à un partage. La générosité de Gilbert, qui s'était tu, pour jouir de son étonnement, le stupéfia.

Il était pâle, tremblant.

Peut-être se trouvait-il bien lâche, à cette heure de suprême dévouement de sa victime...

Gilbert reprit, en prenant la main du misérable et en la lui serrant avec chaleur :

— Eh bien, Gaspard, demain, faut-il que j'endosse l'habit noir, et que j'aille demander pour toi, à madame de Saint-Venant, la main de sa charmante nièce ?

Gaspard se leva en trébuchant.

Il était encore sous le coup de sa passagère émotion.

Quoique pâle et fortement ému en apparence, quoiqu'il eût été en quelque sorte surpris à l'improviste, Gaspard, toujours parfaitement maître de son sang-froid, avait déjà jugé la situation et compris le parti qu'il avait à prendre : il n'avait, au reste, pas le choix ; car il n'y en avait qu'un qu'il pût sérieusement adopter.

En effet, il ne pouvait permettre à Gilbert d'aller demander à madame de Saint-Venant la main d'une nièce qu'elle n'avait pas.

Gaspard avait intérieurement frémi en pensant aux conséquences de la démarche que Gibert lui proposait de faire en son nom.

— Gilbert, dit-il à ce dernier, en lui serrant les mains à son tour, ce que tu viens de faire est si beau, si en dehors des choses ordinaires de notre triste humanité, que je ne crois pas, je le dis la main sur la conscience, qu'il existe, dans le monde entier, un homme, un seul, qui en ferait autant pour son véritable frère. Tu vois à mon émotion si cette action généreuse m'a profondément touché ; j'en suis encore tout agité, tout remué, ainsi que du bonheur que j'ai éprouvé, en apprenant, de ta bouche que M. Noël, mon bienfaiteur, est mon père comme le tien. A ce sujet, je te dirai, plus tard, bien des choses ; pour l'instant, revenons à la chose la plus insignifiante, mais aussi qu'il nous faut vider d'urgence, dans cette affaire. Il s'agit, comme tu le penses sans doute, de mademoiselle Camille de Saint-Venant ; tu vas bien être convaincu, cette fois, que je n'aime pas cette jeune fille ; que je n'éprouve, et ne me sens disposé à n'éprouver absolument rien pour elle que de l'admiration et un profond respect. Je ne sais si plus tard j'accepterai tout ou partie du sacrifice que tu veux me faire ; mais ce que je sais bien, c'est que l'heure de faire ce sacrifice n'est pas encore venue, pour l'excellente raison que je ne songe nullement à me marier, et que nous ne sommes pas dans une de ces circonstances graves dont notre père a voulu parler. Notre père !... que ce nom me semble agréable à prononcer !... et que je bénis les événements qui se sont produits depuis plusieurs jours, et t'ont décidé à me faire ta confidence. Tiens, Gilbert, j'ai grande envie que nous retournions à Grandchamp, sauf à revenir ensuite à Paris, tant je tiens à embrasser notre père. Veux-tu ? tu dois comprendre mon désir, laisse-moi le réaliser...

Gaspard en jouant cette scène de désintéressement fut magnifique de tenue, de ton, de geste et d'expression.

Gilbert resta un instant stupéfait de la réponse que Gaspard venait de lui faire. Il venait comme toujours d'agir avec son extrême franchise. Tout ce qu'il avait dit, il l'avait très sérieusement pensé, et, sans être profondément affecté, il était contrarié de s'être fourvoyé, en supposant, chez son ami, un penchant secret pour mademoiselle Camille de Saint-Venant.

Il est vrai que cette contrariété ne devait pas avoir de lendemain dans son esprit. Que lui importait, après tout, que Gaspard aimât ou n'aimât pas la nièce de la comtesse. L'important, à ses yeux, c'est qu'il avait fait son devoir, il avait offert de partager sa fortune à un homme qu'il croyait son frère. Ce partage, il était disposé à le faire, il le ferait en temps opportun ; il en eût fallu beaucoup moins pour que la conscience d'un parfait honnête homme fût satisfaite ; celle de Gilbert l'était.

— Allons, dit-il franchement à Gaspard, je vois que je me suis trompé, n'en parlons plus. Je ne veux pas, après tout, te marier de force avec une femme que tu n'aimes pas, et que tu regretteras peut-être un jour ; celui où tu t'apercevras que la gloire, la seule chose que tu aimes et ambitionnes aujourd'hui, n'est qu'un vain mot. Quant à aller de suite à Grandchamp, mon cher Gaspard, fais-moi, je t'en prie, l'amitié de mettre pour quelques jours un frein à ton amour filial, que je comprends et de reste, et ajournons notre retour sous le toit paternel. Voici mes raisons : d'abord notre père pourrait m'accuser d'avoir légèrement agi en te confiant un secret que je ne devais te révéler que dans des circonstances graves ; ces circonstances graves, qui devaient me faire parler, j'en conviens, maintenant, avec toi, n'existaient pas. Quand nous serons sur le point de quitter Paris, je partirai quelques jours avant toi, je dirai tout à notre père, je le *préparerai*, en un mot ; et il t'écrira lui-même pour te dire de venir te jeter dans ses bras.

— Cette raison, dit Gaspard, vaut toutes celles que tu pourrais me donner ; je te fais donc grâce des autres, j'approuve ton idée, et nous ne quitterons Paris que lorsque tu entonneras le chant du départ.

Sur cette conclusion les deux jeunes hommes se séparèrent, en se serrant la main.

Il était quatre heures du matin.

XI.

CE QUI SE PASSAIT, LE LENDEMAIN DE LA NUIT OU
GASPARD APPRENAIT QU'IL ÉTAIT LE FRÈRE DE
GILBERT.

Montons jusqu'au cinquième étage d'une maison
de modeste mais honnête apparence, qui, en 1830,
existait vers le milieu, et du côté gauche de la rue
des Bons-Enfants. On pénétrait dans cette maison
par une allée étroite et sombre; au bout de cette
allée on rencontrait un escalier aussi sombre que
l'allée, mais très rapide et très étroit, qui ne comptait pas moins de cent dix-sept marches, avant
d'arriver à la porte du petit logement composé de
deux mansardes contiguës dans lequel nous allons
pénétrer.

C'était dans ce petit réduit que demeurait Pyramide, le vieux grognard de la garde impériale,
ami de Gibon, à qui ce dernier avait recommandé
son autre ami Polygonne, venant à Paris, pour
veiller à ce qu'aucun malheur n'arrivât à Gilbert
Noël.

Tâche difficile et épineuse, s'il en fut, comme
on a pu en juger, d'après les menées dont le fils
de M. Noël était déjà entouré, dès son arrivée à
Paris.

Un matin, Pyramide était seul chez lui au milieu de son pauvre mobilier. Il venait de faire son
ménage, quand on frappa rudement et franchement à sa porte. Il alla ouvrir.

C'était Polygonne.

Les deux vieux de la vieille se regardèrent un
instant et se devinèrent sur-le-champ. Il est certain que tous ces grognards ont toujours eu et ont
encore une physionomie particulière. Ils se ressemblent presque tous, les détails mis de côté.

— Vous vous appelez Pyramide? demanda Polygonne, en omettant le mot monsieur dans sa phrase. Le mot monsieur, entre deux soldats comme
eux, eût été d'un effet singulier. Polygonne le pensa ainsi du moins.

— Oui, et vous? demanda Pyramide en fixant
son regard pénétrant sur le visiteur.

— Moi, je me nomme Polygonne, répondit l'ami
de Gibon.

— Polygonne, connais pas, dit Pyramide, après
avoir réfléchi, une demi-seconde, mais ça ne fait
rien, du premier coup, je vois ce que vous êtes, ou
plutôt ce que vous avez été : un camarade, en un
mot; entrez donc, nous ferons connaissance. J'allais boire la goutte et casser une croûte, vous me

tiendrez compagnie; et, tonnerre! je parie qu'avant
dix minutes nous serons en pays de connaissance;
nous n'aurons plus qu'a dire comme dans la chan-
son : *T'en souviens-tu, ma vieill', t'en souviens-tu?*

Pyramide, suivi de Polygonne, entrèrent dans la
mansarde. Le premier s'empressa de r'ouvrir son
placard, d'où il rapporta la bouteille, deux grands
verres, un pain de quatre livres et du fromage; il
posa le tout sur la table, et vidant dans un grand
le contenu d'un petit verre, primitivement et soli-
tairement rempli.

— Au diable la ration de tous les jours, dit-il-
vive Dieu ! c'est bien le cas où jamais de prendre
la ration des dimanches.

Et Pyramide emplit les deux grands verres.

Tout ce que faisait ce dernier semblait si naturel
à Polygonne, que celui-ci n'en était nullement
touché. A la place de Pyramide, il n'eût pas agi
autrement que lui.

— Vous avez connu Gibon? demanda enfin Polygonne à son nouvel hôte.

— Gibon, le sergent, mon meilleur ami ! Je crois
bien si je l'ai connu... s'écria Pyramide avec feu,
en se levant et en reposant sur la table le verre
qu'il tenait déjà à la main pour trinquer, Gibon !
Gibon ! mais où est-il? le savez-vous ? dites-le
moi, parlez vite; que j'aille me jeter tête baissée
dans ses bras. Ce pauvre ami, nous étions du même bataillon de grenadiers; nous étions ensemble
à Waterloo.

— Moi aussi j'y étais, dit simplement Polygonne.

— Toi aussi, tu y étais. Viens alors que je
t'embrasse.

Les deux troupiers tombèrent dans les bras l'un
de l'autre, le pacte d'amitié était signé ; celui-là
en valait bien un autre. Pyramide reprit bientôt :

— Eh bien, Polygonne ; puisque nous étions
tous deux à Waterloo ; souvenons-nous que l'Empereur y était aussi ; et, puisque nous ne pouvons
boire à sa santé, buvons au moins à sa mémoire.

Les deux grognards se découvrirent avec une
sorte de vénération, trinquèrent silencieusement
et burent, les regards levés vers le ciel. Ils étaient
émus et avaient des larmes pleins les yeux. Quand
on revoit quelques-uns de ces homme, rares débris aujourd'hui ; quand on les entend, on comprend difficilement comment l'homme qui était
leur Dieu a été vaincu.

Il y eut un silence de quelques minutes entre
les deux grognards. Peut-être que ceux-ci priaient
à leur façon pour le grand homme au petit chapeau et à la redingote grise.

Ce fut Polygonne qui le rompit.

— Ecoute, Pyramide, dit-il, il faut que je te
parle de Gibon.

— C'est cela, parle-moi de ce vieil ami, répondit Pyramide. Le souvenir de tout à l'heure m'a fait passer le cœur à droite ; cela me le remettra en place.

— Eh bien, tiens, lis, voici une lettre du sergent, répondit Polygonne qui, depuis un instant, avait tiré la missive de sa poche et la tenait à la main.

— Une lettre de Gibon ! donne vite.

Pyramide prit la lettre et n'eut qu'à l'ouvrir pour l'excellente raison qu'elle n'était point cachetée ; puis il se mit à la lire avec une excessive attention et une émotion non moins grande.

Polygonne l'attendait, en sirotant à petits coups et par distraction un second verre de cognac : un reste de mauvaises et de vieilles habitudes. Sa lecture terminée :

— Mon vieux, dit Polygonne, j'ai relu deux fois la lettre du sergent, et je compte bien la relire, matin et soir, jusqu'au jour où j'aurai le plaisir de lui sauter au cou (pas à la lettre, au sergent), mais dans tout ce qu'il me marque, ce que j'y comprends de plus clair, c'est que vous êtes deux amis, comme qui dirait lui et moi ; que vous vivez comme deux coqs en pâte, chez un brave homme, du côté de Tours. Où est-ce cela, Polygonne ? Je t'avouerai, mon cher ami, qu'en ma qualité d'enfant du faubourg, je ne connais que la géographie de Paris, et sans carte encore.

— Mon cher, je ne saurais au juste te dire où est Tours, attendu que j'y suis allé en voiture, et revenu de même ; on passe à Orléans et à Blois ; entre les trois villes, il y a approchant la même distance : une trentaine de lieues.

— Quatre-vingt-dix lieues en tout, j'y cours, dit Pyramide.

— Calme-toi, calme-toi, mon vieux ; dans quelques jours je te conduirai, et nous irons à Tours ensemble ; pour l'instant ce n'est pas le quart d'heure de faire ce voyage et de quitter Paris. Comment ! tu as lu la lettre de Gibon, et tu n'as pas lu, dans quelque coin, que, pendant mon séjour ici, je devais être ton chef de file, et que tu devais m'emboîter le pas ?

— Si, j'ai compris cela ; car ça y est, répondit Pyramide ; mais je pensais que, si j'avais à t'emboîter le pas, c'était pour aller à Tours.

— Non pas, je vais t'expliquer la chose ; M. Noël est le brave et digne homme chez lequel Gibon et moi nous sommes, comme de vrais coqs en pâte, depuis 1815. Un congé de longueur, comme tu vois. Cet homme, qui est plusieurs fois millionnaire, a beaucoup d'ennemis, quoiqu'il soit bon comme le bon pain pour tout le monde, et qu'il n'ait pas plus de défense qu'un agneau. Eh bien, ces gueux qui lui en veulent, afin de s'approprier son argent, sont après lui comme des enragés, ils lui ont fait avoir tous les malheurs possibles et imaginables ; ils lui ont assassiné son père, sa femme et son beau-frère ; ce dernier, c'était le fameux colonel Beaujeu, un lapin à poil, celui-là !

— Mon colonel et celui de Gibon ! Tonnerre d'une bombe !... Comment, Beaujeu, le brave Beaujeu est mort assassiné ? Ces gueux ! les canailles ! des Anglais ?.. hein ?..

— Oui, je te conterai cela ; eh bien, aujourd'hui, le fils de M. Noël, le neveu du colonel Beaujeu, est à Paris ; et, si j'y suis aussi, moi, c'est pour veiller sur lui, pendant que Gibon veille, là-bas, sur le reste de la famille.

— C'est bon, je comprends, Polygonne ; c'est limpide comme du cristal. La vie du neveu de mon colonel est en danger, il s'agit de veiller sur lui ; tu tiens déjà ce poste, eh bien, mon bon, nous serons deux dans la guérite. Voyons, où est-il notre jeune homme ? Je voudrais bien le voir, pour peu qu'il tienne de son oncle, ce doit être un rude gaillard, un brave cœur, quel âge a-t-il ?

— Gilbert a vingt-six ans ; c'est en effet un rude gaillard ; quant au cœur, il l'a trop bon, dit Polygonne.

— Et où est-il ? puisque tu es le chef de file, pars du pied gauche et indique le guide ; et en avant marche !

— Comme tu y vas, je ne sais pas encore où est Gilbert.

— Et tu veux veiller, dans Paris, sur un homme dont tu ignores l'adresse ? s'écria Pyramide ; mais la police entière ne suffirait pas à une pareille tâche ; quant à chercher Gilbert, sans un hasard, trouverais-tu une aiguille dans une botte de foin ; eh bien, c'est tout comme.

— Voyons, Pyramide, ne nous emportons pas, dit Polygonne, nous prends-tu donc, Gibon et moi, pour deux gobe-mouches ? Si je ne suis pas parti avec Gilbert, c'est afin de ne pas éveiller l'attention des ennemis de M. Noël, qui sont aussi les nôtres. N'est-il pas vrai ?

— Absolument comme les Anglais, les Prussiens et le reste étaient, à Waterloo, tes ennemis et les miens, parce que et surtout ils étaient ceux du petit Caporal.

— Cette fois, c'est encore pis, dit Polygonne.

— Comment cela ? demanda froidement Pyramide, qui ne plaçait rien au-dessus de son empereur.

— Oublies-tu donc que nous avons affaire à des assassins ; et qu'à Waterloo nos ennemis étaient des soldats ?

— Tiens, c'est vrai, ce que tu dis là, Polygonne ;

et tu as, ma foi, raison ; mais tout cela ne me dit pas comment tu penses trouver ton Gilbert à Paris.

— De la façon la plus simple du monde, M. Gilbert a laissé là-bas une fiancée qu'il adore et un père qu'il chérit ; aussitôt arrivé à Paris, il doit, comme de juste, leur écrire et leur donner son adresse, afin qu'ils puissent correspondre avec lui. Gibon, qui est un fin matois, n'aimant pas à s'endormir sur le rôti, et qui n'est point resté là-bas pour des prunes, lira la lettre de M. Gilbert, saura son adresse, et nous l'enverra. Comprends et admire la combinaison.

— Tout va bien, dit Pyramide ; je vois que jusqu'à ce que Gibon ait envoyé le mot d'ordre nous n'avons plus qu'à dormir bravement et surtout tranquillement sur les deux oreilles.

— Pas précisément ; car je vais être furieusement tourmenté jusque-là.

— A quoi ça t'avancera-t-il ?

— A rien, mais que veux-tu.... On ne se fait pas, mon cher. Et puis M. Noël est et a été pour nous si bon et son fils aussi....

— Allons, je comprends ça ; à ta place je serais comme toi. Que diable! pas plus qu'un autre je n'ai un caillou dans la poitrine, et je sais dire merci à ceux qui me font franchement du bien ; si tu veux, pour porter remède à ton ennui, nous allons nous occuper de ton installation ?

— Gibon a été d'avis que nous ne devions pas nous séparer.

— Et il a raison, le sergent, dit sentencieusement Pyramide. De cette façon, si l'un tombe, dans la bagarre, l'autre restera pour remplir la tâche commune.

— C'est cela ; mais, ici, ton lit me semble bien petit, pour que nous le partagions : Gibon ne m'a pas laissé partir sans munitions de guerre ; si tu voulais, j'ai de l'argent, dit Polygonne, en posant un rouleau d'or sur la modeste table, qui, de son existence, n'avait jamais supporté un semblable déballage.

— Tu as de l'or, reprit Pyramide, eh bien, garde-le ; il pourra nous servir plus tard. Pour t'installer, j'ai mon musée, la place d'honneur, et il est juste que je te l'offre. Là tu seras comme un roi, et tu m'auras sous la main ; bonne chose, puisque tu es mon chef de file.

— Ton musée! dit Polygonne, comme étourdi par la réponse de Pyramide, mais où est-il ?

Et le malheureux, intrigué, jetait partout autour de lui, sur le plancher et vers le plafond un regard chargé d'anxiété.

Il ressemblait assez à un homme qui soupçonne qu'on se moque de lui. Quant à Pyramide, il jouissait narquoisement de l'étonnement de son nouvel ami.

— A ça ! Polygonne, dit-il enfin, reviens-tu de ton village ou de chez les Iroquois ? Crois-tu par hasard que mon musée va sortir de terre, ou tomber des nues? Tiens, vois, ce n'est pas plus sorcier que ça.

Pyramide avait fait glisser, sur une tringle, un rideau appendu au mur, ce rideau était destiné, non à abriter des effets de la poussière, mais à cacher une porte que Pyramide ouvrit.

Puis, poussant son compagnon par les deux épaules, il le fit forcément entrer, en quelque sorte, dans une mansarde de la même dimension que celle où s'était passée la scène que nous venons de raconter. Dans cette partie de l'appartement du grognard, l'étonnement de Polygonne devait monter jusqu'au paroxysme de la stupéfaction.

Jamais, au grand jamais, antre de sorcière, laboratoire d'alchimiste, atelier d'artiste, cabinet d'antiquaire, grenier de bouquiniste, arrière-boutique de marchand de bric-à-brac, cave d'armurier ou de marchand de ferraille, salon de loueur de costumes et de postiches ne sauraient donner une idée du capharnaüm que Pyramide appelait pompeusement : *son musée aux souvenirs*. Il y avait de tout dans la mansarde du troupier.

Aux quatre murs étaient appendus, la plupart souillés, râpés, ternis, déchirés, des uniformes militaires de tous les peuples, de toutes les armes et de tous les grades ; entre ces uniformes, des armes à feu et autres : turques, espagnoles, françaises, anglaises, russes ; des drapeaux ou fanions ; des instruments de musique, y compris la grosse caisse de l'immortel 6ᵉ de ligne ; enfin des sacs, des gourdes, des souliers, des pipes, etc... etc...

Nous oublions sans doute, mais sans mauvaise intention, le plus intéressant.

Chaque objet portait une étiquette de papier qui, supportant une indication manuscrite, était chargée de raviver les souvenirs, douloureux pour la plupart, du vieux de la vieille.

Polygonne n'était plus stupéfait, mais enchanté ; c'était facile à voir.

Un petit lit en fer, aussi simple et garni aussi durement que celui où couchait Pyramide, occupait le centre du musée ; il était placé de façon à ce qu'on pût tourner autour.

— C'est sans doute ce lit que j'occuperai! dit Polygonne à son ami, mais, quand tu es seul, à quoi te sert-il ?

— Ce que je vais te dire te semblera drôle, dit Pyramide, mais...

— Dis-toujours.

— Eh bien, quand je suis seul, ce qui arrive toujours, et quand je m'ennuie trop, au point d'avoir comme des idées d'envoyer ma guenille humaine au diable, à force de découragement, ce qui arrive quelquefois, de plus en plus souvent, à mesure que les années viennent, ce lit me sert à me coucher.

— A te coucher ! se récria Polygonne, en regardant son ami d'un air singulier, comme s'il se fût demandé si ce dernier avait bien toute sa raison.

— Oui, à me coucher, mon vieux, reprit Pyramide avec sang-froid ; et comme cette nuit tu useras du lit, tu verras si le musée te produit le même effet qu'à moi.

— Mais quel effet te produit-il donc, ton musée ? je t'avouerai franchement que je ne comprends goutte à ce que tu me dis.

— Eh bien, fit Pyramide, je me couche, n'est-ce pas ? Je ferme les yeux. Au bout d'une demi-heure, quand j'ai bien pensé à toutes les affaires du temps passé, que je me suis grisé avec mes souvenirs, je rouvre les yeux ; alors, en revoyant tous ces uniformes, je revois toutes mes campagnes, toutes les batailles auxquelles j'ai assisté et le reste du tremblement. Ce mameluck me rappelle les Pyramides, au pied desquelles j'ai été baptisé pour la seconde fois (la bonne) pour avoir sauvé la vie à Kléber ; ce marin anglais me rappelle le siège de Toulon ; j'y étais servant à la batterie des hommes sans peur ; cet officier autrichien me reporte à la mémorable campagne d'Italie, pendant laquelle j'ai assisté à vingt-sept batailles ou combats, etc., etc... Tu devines le reste, assez causé sur ce chapitre-là, pour l'instant ; si tu ne me comprends pas, tant pis pour toi... Tiens, encore deux, dans mes moments de rêverie, tu vois cette caisse, c'est celle du régiment où j'étais avant d'entrer dans la garde ; eh bien, il y a des instants où je lui entends pousser des rugissements lamentables. L'autre jour, elle battait la *grenadière*, comme à Waterloo.

Tu te rappelles ce moment désespéré, quand la garde donnait seule et se faisait mitrailler, par les feux croisés des Anglais et des Prussiens; n'aurait-on pas dit que nos tambours battaient un glas lugubre...?

— Je te comprends, dit Polygonne, et j'admire ton musée, mais ce que je ne m'explique pas bien c'est comment tu as pu réunir une collection si complète et si nombreuse.

— Mon cher, il y a quinze ans que je ne fais que cela, et l'on fait bien des choses en quinze ans. Peu après mon retour à Paris, en 1815, j'héritai de mon père de quelques milliers de francs, je devins avare sur tout, excepté pour mon musée ; en cinq

ou six ans, achetant une chose un jour, le lendemain une autre, je dévorai mon *saint-frusquin* à composer ma collection. Depuis que je n'ai plus le sou, que ma pension, je collectionne des morceaux de drap ; et, comme je couds assez bien, je confectionne des uniformes pour mon musée. Tiens, voici un général russe, que j'ai fini la semaine dernière; faute de matériaux, le travail a duré dix-huit mois, quand j'aurais pu le faire en quatre, mais est-ce touché ?

. . . .

Nous pourrions écrire des volumes entiers sur la collection de Pyramide et sur la façon dont les deux grognards, profondément émus, en passèrent, par objet, une minutieuse inspection.

. . . .

Trois jours s'étaient écoulés depuis la fameuse réception faite par Pyramide à Polygonne.

Polygonne est seul, depuis quelques instants, assis devant la table, sur laquelle fume un modeste, mais abondant déjeuner, un déjeuner de troupiers.

Polygonne commençait à donner cours à son impatience, en laissant échapper de fréquents mouvements de mauvaise humeur.

Enfin Pyramide rentra.

— La voilà ! la voilà ! Le cachet y est, elle vient de Tours, s'écria-t-il avec joie, en agitant, au-dessus de sa tête, une lettre qu'il tenait à la main.

— Donne, donne vite, dit Polygonne, en prenant la lettre des mains de son ami, que nous ayons des nouvelles de M. Gilbert.

La lettre ne contenait que ces mots :

« M. Gilbert Noël, hôtel de la Paix, rue de la Paix.

« A bientôt,
« GIBON. »

— C'est court, dit Pyramide.

— C'est tout ce qu'il faut, répondit Polygonne. Déjeunons au pas de course, nous verrons ensuite.

XII.

CE QUI SE COMPLOTAIT DANS TROIS ENDROITS
DIFFÉRENTS DE L'HOTEL DE SAINT-VENANT.

Gaspard et Gilbert dormaient encore à midi. C'était le lendemain de la nuit qu'ils avaient à peu près passée à se faire des confidences réciproques. Un beau soleil de mai inondait les rues de Paris, les promeneurs commençaient à circuler sur le boulevard des Italiens, qui, en souvenir de l'émigration sans doute, s'appelait alors le boulevard de Gand. Tout à coup deux hommes venant du côté de la Bastille et se dirigeant sur la Madeleine s'arrêtèrent à l'angle de la rue de la Paix, mais sans quitter le boulevard. Ils étaient à deux pas de l'hôtel de la Paix, qui occupait le numéro 32 de la susdite rue. L'angle et l'hôtel ont aujourd'hui disparu.

Les deux hommes dont nous venons de parler ne semblaient pas appartenir à la même classe de la société. L'un était vêtu de façon à se faire facilement reconnaître pour un ancien militaire. Il drapait son corps osseux dans une de ces longues redingotes qui, presque hermétiquement boutonnées jusqu'au cou, descendaient jusqu'aux chevilles et ressemblaient à un long fourreau, renfermant un corps long, étroit et agissant; c'était peu gracieux. Notre homme, comme signe distinctif, portait en outre un chapeau d'une élévation pyramidale, un col noir, qui faisait office de carcan plutôt que de cravate, autour de son cou, un ruban rouge très voyant à sa boutonnière, une canne qui eût fait la joie du fameux Rossignolet, le tambour-major de l'incomparable 32ᵉ demi-brigade, des moustaches et des favoris énormes.

La physionomie de cet homme s'alliait parfaitement à tout ce que nous venons de dire, sa démarche était sérieuse, compassée. Il y avait quelque chose de triste, d'amer et de menaçant sur sa physionomie. On eût dit un homme qui, ayant beaucoup souffert, supporte difficilement les chagrins d'une position douloureuse ; un vaincu de la veille, qui brave son ennemi et compte sur une prochaine revanche. A la beauté et à la fraîcheur des vêtements, il était facile de supposer que les chagrins de l'inconnu n'avaient pas la misère, ou seulement la gêne, pour raison d'être.

Celui qui l'accompagnait portait l'humble livrée du travail, celle de commissionnaire. Il portait autre chose que sa noble livrée : la valise rondelette et pesante du grand monsieur décoré.

Arrivés à l'angle que nous avons dit, l'officier dit au portefaix :

— C'est là, au trente-deux.

Le commissionnaire regarda sur sa gauche et dit :

— Oui, je vois : hôtel de la Paix, c'est bien cela.

Ce court dialogue a déjà fait faire bon nombre de suppositions au lecteur; pour lui éviter de se tenir l'esprit à la torture, avouons qu'il ne s'est pas trompé, s'il a supposé que les deux inconnus n'étaient autres que les deux amis de Gibon: Pyramide, faisant fonction de chef de file, et déguisé en officier en retraite ou en réforme; Polygonne, admirablement grimé en commissionnaire, et n'en dirigeant pas moins l'expédition, sous ce vêtement

subalterne. Pour revêtir ce travestissement de circonstance, il avait dû faire un sacrifice pénible : celui de sa barbe, moustaches et favoris. Cependant il n'avait pas hésité une seconde. Que n'eût-il fait pour rendre service au fils de son maître?

Si Pyramide paraissait être le personnage important, en cette circonstance, c'était parce que Gaspard et Gilbert ne l'ayant jamais vu ne pouvaient pas le reconnaître. Il n'en eût peut-être pas été de même de Polygonne, si bien déguisé que celui-ci eût pu être. Et il était très important d'éviter que les deux jeunes hommes soupçonnassent qu'ils étaient l'un et l'autre surveillés !

— Eh bien, allons de l'avant, dit Pyramide, et soyons crânes.

— Va, mon commandant, je te suis; flamberge au vent, tonnerre ! nous avons du quibus, ne l'oublie pas. Il faut, à n'importe quel prix, que nous prenions pied dans cette cambuse.

— C'est moins difficile à prendre que la ferme de la Haie-Sainte, à Waterloo, dit Pyramide, en pénétrant dans l'allée de l'hôtel.

Un domestique vint au-devant des deux prétendus voyageurs.

— Avez-vous deux chambres contiguës vacantes? lui demanda Pyramide, sans prendre la peine de seulement toucher le bord de la pyramide qui lui servait de chapeau.

— Deux chambres contiguës? non, dit le frotte-parquet, en toisant assez insolemment les deux arrivants.

— Cependant il me faut deux chambres, une pour moi et une pour mon domestique, reprit le grognard, avec une assurance irrésistible.

— Nous n'avons pas deux chambres contiguës, mais un petit appartement, dit le domestique.

— Allons, fais voir ton appartement, et dépêche-toi. Tiens, voilà un napoléon pour ta peine.

Au lieu d'un *napoléon*, Polygonne jeta un *louis* à la tête du garçon, qui ne jugea la pièce que par sa valeur intrinsèque.

Cinq minutes plus tard, le commandant et son fidèle visitaient le petit appartement et s'y installaient, pendant que, dans le bureau de l'hôtel et sur les renseignements fournis par Polygonne, le maître de l'hôtel écrivait, sur un registre spécialement affecté à ce service, les noms et états des deux voyageurs :

1º Isidore Beaujeu, propriétaire, à Blois;

2º Ambroise Pastouret, domestique du précédent.

Pendant que le maître écrivait :

. . . .

Depuis cinq jours déjà, Gaspard, Gilbert, Polygonne et Pyramide habitaient conjointement l'hôtel

Le marquis de Leste.

de la Paix, où ils étaient voisins d'étage; ceux-ci, observant scrupuleusement la conduite de ceux-là; ceux-là, sans avoir le moindre soupçon de l'espionnage dont ils étaient l'objet. Si les deux jeunes hommes sortaient ensemble, ils avaient immédiatement à leurs trousses le faux commandant, accompagné de son fidèle satellite. S'ils sortaient isolément, ou qu'ils se séparassent, une fois hors de l'hôtel, Pyramide, suivant son expression, emboîtait le pas à Gaspard et Polygonne suivait Gilbert à la piste.

De cette façon, à force de ruse quelquefois, l'or aidant toujours, les deux grognards apprirent :

1° Que Gilbert ne voyait à Paris que des correspondants de son père, et qu'il ne faisait de longues et fréquentes visites que chez une certaine comtesse de Saint-Venant, demeurant rue de Verneuil.

2° Que Gaspard n'était pas moins assidu chez la même comtesse, qu'il n'allait en quelque sorte que dans cette maison, et consacrait le reste de son temps à des études sérieuses et ardemment poursuivies.

— Dans tout cela, disait Pyramide à Polygonne, je ne vois rien de bien alarmant. Ton Gaspard, qui me fait passer à le suivre des heures bien inutiles dans les bibliothèques, qui, toutes réunies, ne me donnent qu'une idée très imparfaite de mon musée, me fait l'effet d'un gratte-papier, genre Castor, c'est-à-dire très laborieux, des plus inoffensifs.

— Tant mieux; mais veille toujours au grain, Tartineau! comme dit Gibon; un gratte-papier, mon vieux, c'est parfois une bête, noire comme l'encre qu'il emploie; fausse comme le papier sur lequel il écrit, et qui supporte tout, malgré sa blancheur de sainte-nitouche; à double fin comme la plume dont il se sert, qui a deux becs, et avec laquelle il fait un tas d'écritures qui ne se ressemblent pas, mais qui peuvent parfaitement ressembler à celles des autres. Enfin, et je ne sais pas si tu me comprends bien, mais, depuis ce sauteur de Talleyrand, tous les gratte-papiers du globe ne m'inspirent qu'une confiance très limitée, c'est-à-dire qu'ils ne m'en inspirent pas du tout.

— Cependant tu n'as rien à reprocher à Gaspard.

— Il ne manquerait plus que ça que j'aie quelque chose à lui reprocher, dit Polygonne. Et puis, vois-tu, ce n'est pas précisément Gaspard que je crains, mais cette comtesse de Saint-Venant m'inspire de terribles soupçons. Une femme qui, jadis, a fait beaucoup de mal à M. Noël, s'appelait la Saint-Fard, et c'est une raison pour que les saints et les saintes me semblent suspects. Cette comtesse est dévote, raison de plus pour qu'elle ne vaille pas cher. Elle fait beaucoup de bien ouvertement, c'est ce qui prouve qu'elle est au moins capable de faire du mal à cache-pot. M. Noël, lui aussi, fait beaucoup de bien, mais sans tambours ni trompettes, et c'est, à mon sens, la véritable, la seule manière d'en faire. Seul est le bien, celui qui est fait comme je dis. Le reste, c'est de l'*attrappe-Colas*, mais on ne me trompe pas à ce truc-là, moi Polygonne. Enfin, suffit, j'irai aux renseignements, je remonterai aux tenants et aux aboutissants, comme disent les paysans madrés du côté de Tours. L'or est une clef, vois-tu, Pyramide, qui ouvre toutes les portes et fait parler toutes les bouches ; tu n'es pas sorcier, mon cher ami, ni moi non plus, mais nous comprenons bien pourquoi l'or exerce cette influence. Ceci dit, comme mes poches ne sont pas encore vides, je saurai bien des choses ; et je vais, de ce pas, confesser un valet intime de cette chère comtesse. Le Tartufe en livrée, il est plus retors que le diable lui-même, chacune de ses paroles me coûte cher ; et je ne sais trop, s'il était bavard, et qu'il fît des discours, si la fortune de Laffitte et celle de Rothschild réunies pourraient payer l'un des siens.

— Diable ! dit Pyramide.

— Dame ! un homme qui ne dit que des *oui* et des *non*, qui, à chaque mot, ne vous dit pas « c'est tant, » mais vous tend la main ; je voudrais bien t'y voir et savoir ce que tu dirais.

— Oui, mais..., dit Pyramide en se grattant les mollets, dans lesquels, quand il se sentait en proie à une grande émotion, il prétendait avoir des douleurs rhumatismales, que les bords de la Bérézina lui avaient laissées à titre de souvenirs.

— Mais... mais..., reprit Polygonne, je ne te parle de cela que pour la forme, pour te donner une idée du souple-échine, histoire de causer ; mais, silence, moins de paroles et plus d'effet ; je vais faire jaser mon homme.

. . . .

— Le même jour, à peu près à la même heure (le 8 ou le 9 mai, vers midi), voici ce qui se passait dans trois parties différentes de l'hôtel de Saint-Venant : dans l'oratoire de la comtesse, dans la chambre de mademoiselle Don Juan et dans un cabinet noir, dont Gaspard, qui, en hypocrite prudent, comprenait de suite le côté utile de toutes choses, savait faire son profit.

Dans l'oratoire de madame de Saint-Venant, trois personnes se trouvaient réunies : la Saint-Venant, le marquis du Leste et le baron de Saint-Eve.

Tous trois semblaient se bouder. Ils réfléchissaient, chacun pour soi. Un silence pénible régnait entre eux depuis quelques instants. Le baron le rompit :

— Ça ne marche pas, nous ne savons sur quel pied danser, dit-il d'un ton grognon. Une affaire si facile, si claire...

— Pas si facile que cela, dit le marquis en persiflant, suivant son habitude d'enfant terrible.

— Est-ce notre faute si Gilbert est invulnérable ? dit la Saint-Venant.

— Camille... commença le baron.

Il n'eut pas le temps d'achever.

— Camille, fit du Leste, en l'interrompant brusquement, joue admirablement son rôle.

— C'est vrai, dit la comtesse ; elle ne peut cependant pas se jeter à la tête de Gilbert comme le ferait une fille...

— Qu'elle est, fit observer du Leste.

— Elle le ferait, continua la comtesse, que Gilbert, qui, malgré son laisser-aller d'artiste, est d'une vertu rigide pour un homme...

— Il est certain qu'il y a des femmes, et beaucoup, qui sont moins bégueules que lui, dit encore du Leste.

— Vous-êtes insupportable, Justin.

— Merci, belle dame ; veuillez continuer, ou plutôt, non, ne continuez pas, et laissez-moi dire à ce cher baron que mademoiselle Don Juan, ma protégée, remplit beaucoup mieux son rôle, que lui ne remplit le sien.

— Comment cela ? demanda M. de Saint-Eve.

— J'ai deux cent mille francs de dettes, et je suis sur les dents, dit le marquis.

— Ça ne m'étonne pas.

— Aussi n'ai-je pas la prétention de vous apprendre une nouvelle.

— Enfin, où voulez-vous en arriver ?

— Payez mes dettes, je me charge de tout, fit le marquis.

— De tout, quoi ?

— Je vais vous le dire.

— Si vous me payez mes dettes, reprit du Leste, et que ce cher Gaspard veuille bien me donner un coup de main, comme il a été convenu, je vous débarrasse de votre bête noire, de Gilbert ; ce dernier, quoique Camille soit bien jolie, et quoi qu'elle fasse, ne mord pas à cet hameçon si friamment garni. Il aime éperdument ailleurs, voici la seule raison du fiasco que nous faisons. D'un autre côté, il est trop honnête et trop sentimental pour, même mentalement, donner le moindre coup de canif au travers de sa passion. Cependant, et en cela Camille a parfaitement joué son rôle de jeune fille accomplie : Gilbert professe une estime profonde pour elle et pour tout ce qui se rattache par un lien quelconque à madame la comtesse, sous ce rapport le Jobard est parfaitement tombé dans le panneau; il a été pris, ébloui au miroir de votre délicatesse de commande et de votre vertu de clinquant. Ce qui le prouve, c'est qu'il a essayé d'agencer un mariage entre Camille et son cher Gaspard, à qui, certes, il n'essayerait pas de faire prendre une femme qu'il n'estimerait pas lui-même; il est donc incontestable qu'il serait fort mal venu celui qui, dans un lieu public, et devant Gilbert, se permettrait de tenir des propos outrageants sur le compte de votre prétendue nièce.

— Ça, je le crois, dit Saint-Eve.

— C'est évident, ajouta la Saint-Venant.

— Eh bien, fit du Leste, si dans deux jours, mes dettes sont payées, voici ce qui arrivera : Gaspard, comme s'il obéissait au hasard d'une soudaine inspiration, entraînera Gilbert dîner dans un restaurant en renom du boulevard ou du Palais-Royal, qu'il aura soin de nous indiquer d'avance. A la même heure, le baron et moi, nous irons dîner dans le même restaurant, et en nous arrangeant bien, Gaspard et nous, nous pourrons parfaitement nous trouver à une table voisine de celle occupée par Gilbert et par lui. Ainsi placés tous, je raconte au baron une foule de scandales, entre autres une aventure très graveleuse et très corsée sur le compte de mademoiselle Camille de Saint-Venant, dont j'ai soin de prononcer très intelligiblement les nom et prénoms. Notre homme s'indigne, s'emporte, s'irrite, se lève, m'insulte, me provoque, me soufflette même, tout cela s'enchaîne; moi, le lendemain, je le tue à l'épée ou au pistolet, à mon choix, en ma qualité d'insulté. Est-ce cela ?

— Puissamment imaginé, dit la Saint-Venant, en le félicitant du regard.

— N'est-ce pas, comtesse ?

— Oh ! très bien, marquis, très bien; je doute que Machiavel lui-même eût trouvé quelque chose de mieux, et l'eût exposé plus clairement.

Le baron réfléchissait depuis quelques instants.

— Est-ce la mort de Louis XVI, ou celle de Henri IV, qui captive ainsi toute votre attention ? demanda le marquis au silencieux et pensif personnage.

— Non, répondit le baron, mais je trouve que c'est très raide de me demander deux cent mille francs pour simplement se battre en duel. Il est vrai que vous exposez votre vie, mais vous tirez l'épée mieux que Grisier, et au pistolet, vous tuez des papillons au vol. Ce duel ne sera donc qu'un jeu pour vous.

— Baron, dit du Leste, que vous avez une mauvaise habitude : celle d'être ladre comme Harpagon, quand vous pourriez si libéralement agir en grand seigneur. Tout ce que vous venez de dire est très juste, j'irai même plus loin que vous, je dirai que dans cette affaire je ne risque nullement ma peau, tant je suis certain de mon coup. Cependant, voyez ce que c'est, vous venez de dire la plus grosse sottise qui soit jamais sortie de votre bouche. Certainement que ce serait très raide, si je vous demandais deux cent mille francs pour tuer l'un de vos obscurs et nombreux ennemis; pour vous débarrasser, par exemple, d'un de ces pauvres diables, n'ayant ni sou ni maille, que vous affamiez juste la veille de la bataille, et en face de l'ennemi, qui vous aurait reconnu, malgré votre déguisement, qui vous fait beaucoup plus jeune et beaucoup plus beau que vous n'êtes. Mais ce n'est pas cela, l'homme qu'il s'agit d'envoyer chez les morts est archi-millionnaire...

— Ses millions, vous les partagerez avec nous. Cela ne vous suffit-il pas? dit M. de Saint-Eve en interrompant son fils.

— D'accord, répliqua du Leste, vous aussi vous serez du partage, et cependant vous n'allez pas, en vous battant en duel, risquer votre peau, ni vous exposer à avoir maille à démêler avec la justice pour meurtre involontaire. Autre chose, admettons que je tue notre homme; cela est sûr, et que, malgré ce coup adroit, nous ne parvenions pas à nous emparer de la fortune des Noël et des Beaujeu, si vous ne me donnez rien à présent, je serai alors dans de beaux draps : j'aurai toujours autour de moi ma meute de créanciers, et je ne veux pas de cela. Je vous le répète, il faut que mes dettes soient payées, ne serait-ce que pour que je puisse en faire d'autres.

— Elles le seront, dit M. de Saint-Eve en laissant échapper un mouvement d'impatience.

— Quand ? demanda du Leste.

— Aujourd'hui même, répondit le baron, envoyez chez moi tous vos créanciers avec leurs titres de créance, visés par vous, et acquittés par eux; je payerai, jusqu'à concurrence de deux cent mille francs.

— Allons, c'est convenu, vous n'êtes pas si tigre que vous voudriez le faire croire, et j'avais bien raison de dire que les dettes, c'était mon élément, quand il s'agissait de les faire ; et qu'elles devenaient le vôtre, aussitôt qu'il s'agissait de les payer ; mais passons. En toute chose, je procède *donnant donnant* ; je vais, de ce pas, trouver Gaspard, afin de m'entendre avec lui sur la façon dont il me mettra Gilbert entre les mains.

C'est inutile, dit la comtesse, Gaspard doit venir me voir aujourd'hui ; je suis même étonnée qu'il ne soit pas ici ; quand il y sera, nous ferons ensemble nos conventions, et je vous communiquerai aussitôt le résultat de notre décision.

. . . .

Mademoiselle Camille dite Don Juan, réduite, par la mauvaise fortune à jouer, momentanément, et au sérieux, le rôle de jeune fille bien élevée, ingénue et accomplie, occupait, chez sa prétendue tante, un charmant petit appartement, composé de deux pièces, situé à un angle du deuxième et dernier étage, et éclairé par cinq fenêtres, donnant sur le jardin d'un aspect monastique et féodal. Ce petit appartement, formant boudoir et chambre à coucher, était meublé avec une recherche exquise. La vierge folle était, depuis longtemps déjà trop habituée aux dissipations de sa prodigue existence, pour trouver quelque chose d'extraordinaire à la richesse du mobilier qui l'entourait. Du reste, son esprit était trop fiévreusement agité pour qu'elle songeât à l'arrêter sur d'aussi futiles détails.

Ce jour, et à l'heure où la Saint-Venant et consorts conspiraient, dans l'oratoire, mademoiselle Don Juan semblait encore plus préoccupée que dans tout autre moment.

Elle pensait à Gilbert, et c'était avec un étonnement mêlé d'effroi qu'elle se demandait si elle n'aimait pas sérieusement le jeune et intéressant millionnaire, qu'elle avait mission d'attirer dans un piège, dont elle ignorait l'épouvantable profondeur.

Camille avait des mœurs déplorables, au point de se faire une gloire de ruiner ses soupirants, et de faire fondre leur patrimoine, comme fond un bloc de neige sous un chaud rayon de soleil. Malgré ce défaut d'aimer à dévorer, la Don Juan était une *bonne fille*, dans toute la franche acception du mot.

Etait-ce sa faute à elle si, à ses yeux, la vie se résumait en une cascade de diamants, de bijoux et de dentelles, et en un va-et-vient continuel de chevaux et de voitures, ne faisant que traverser ses écuries de femme à la mode ?

Bien certainement que si elle eût pu pénétrer toute l'horrible, criminelle et sanglante étendue des projets de ceux qui l'avaient faite leur complice, elle n'eût rien fait pour en favoriser l'exécution, et se fût, au contraire, mise en mesure de les déjouer et de les faire avorter. Elle eût agi ainsi par bonté de cœur, par droiture de caractère et pour le premier venu ; que n'eût-elle pas fait pour Gilbert, qui lui avait produit une impression si forte, si étrange, qu'elle croyait l'aimer réellement ?

Camille était assise dans un grand et large fauteuil, devant une fenêtre ouverte. Un beau soleil de mai ruisselait sur le feuillage printanier des arbres du jardin solitaire ; des milliers d'oiseaux chantaient, roucoulaient, pépiaient sous le couvert des grands bois. Une brise folle et odorante venait se jouer amoureusement dans l'opulente et soyeuse chevelure de la Madeleine non repentante.

Celle-ci appuyait sa tête, penchée en arrière, sur le dossier du siège moelleux sur lequel elle était étendue, dans une position libre et voluptueuse, qui ne devait tenter aucun regard profane. Dans cette position de chatte amoureuse, Camille était admirablement jolie et gracieuse ; son beau corps dont le buste d'un galbe ravissant et exquis était emprisonné dans un corsage de mousseline blanche, avait de ces mouvements brusques, de ces soubresauts, de ces palpitations, qui rappellent ceux du serpent se gobergeant au soleil.

Depuis une heure environ, Camille, la fille au tempérament de fer et de feu, était là énervée, nonchalante, enfouie dans le bonheur d'une douce rêverie ; mais un bonheur incomplet, agité, fiévreux, qui, on pouvait le supposer aux trépidations de la jeune femme, avait des heures de doute, des moments où quelque chose de fatal réagissait contre lui, en le narguant sans la moindre pitié.

Tout à coup, ce bonheur dut devenir un malaise ; car le visage entier de la Don Juan eut une horrible contraction. Sans doute qu'une pensée pénible venait de traverser son esprit. Pâle, elle frissonna comme s'il eût fait froid, et l'air était tiède ; puis se leva et murmura en marchant :

— Non, non, jamais aucun homme ne m'a produit le même effet. Tous ceux que j'ai connus jusqu'à présent ne m'ont séduite et charmée que par l'esprit et la raison, et proportionnellement à l'importance de la fortune qu'ils mettaient à mes pieds. Lui, il est déjà millionnaire, son père est très riche, et je n'y pense seulement pas. C'est précisément ce désintéressement qui me prouve que je l'aime... L'aimer ! une folie... ! est-ce que je suis faite pour lui plaire ! et lui, peut-il seulement songer à m'aimer ?

Non, c'est impossible...

Que j'admette un seul instant que Gilbert, trompé sur mon nom, sur ma moralité, sur mon passé, puisse m'aimer, que pensera-t-il, que dira-t-il, quand il saura que je ne suis qu'une fille perdue? Tôt ou tard il faudra bien qu'il fasse cette découverte, le rôle que je joue ici n'est que momentané et ne peut durer indéfiniment. Alors il me repoussera du pied, comme on repousse une ordure, et me jettera son mépris à la face.

Je divague en supposant un seul instant que Gilbert puisse m'aimer. Est-ce que je ne sais pas le contraire? Est-ce que par ses manières, simplement amicales, il ne me prouve pas la grandeur de l'amour qui le lie, depuis longtemps déjà, à sa cousine!

Sa cousine! Chose étrange, moi qui n'ai jamais aimé, et qui crois aimer en ce moment, je me suis toujours laissé dire que l'amour, sans exception, était toujours d'autant plus violent, qu'il était plus jaloux et plus haineux. Eh bien, à cette heure, si j'interroge mon cœur, si je le sonde dans ses replis les plus secrets, je ne me sens, ni haine ni jalousie contre mademoiselle Alphonsine.

La pauvre enfant! que m'a-t-elle fait pour que je la haïsse, pour que je jalouse son bonheur d'être aimée? N'est-elle pas assez malheureuse, assez à plaindre de ne pas avoir de santé? Et puis, franchement, elle ne peut être, elle n'est pas ma rivale, puisque je ne suis pas digne d'être la sienne.

Oh! si Gilbert, au lieu d'aimer cette jeune et belle vierge, dont il parle avec tant d'enivrement et de passion, avait jeté les yeux sur une autre créature de mon espèce, et qu'il eût aimé Pomaré, Emeraude, ou toute autre de mes amies ou de mes ennemies; oh! oui, alors, je me sentirais de la haine, de la jalousie, contre cette préférée; je songerais à lutter, à disputer Gilbert à une pareille femme...

Cependant, le rôle odieux que je joue ici, je ne me sens pas la force de le cesser. Si j'étais une honnête fille, je sais bien ce que je devrais faire, au premier moment où je me trouverais seule avec Gilbert, je devrais me jeter à ses pieds et tout lui avouer! Pourquoi m'a-t-il inspiré un amour assez profond, pour que je n'aie plus ni la force ni le courage de remplir un devoir, de me sacrifier! Non, maintenant que je le connais, que j'ai l'habitude de le voir tous les jours, je ne puis me conduire de façon à le forcer à s'éloigner rapidement de Paris, afin de se rapprocher d'Alphonsine. Ne plus le voir! rien que cette pensée d'une séparation me fait un mal horrible, affreux. Pourtant, en continuant à le voir, j'augmente les dangers de l'avenir; car tous les jours mon amour pour lui ne fait que grandir; et c'est un grand malheur; une pareille passion ne peut que me réserver un avenir de larmes et de chagrins; plus la passion sera forte, plus les larmes seront amères, plus les chagrins seront cuisants...

Il y a huit jours à peine, insoucieuse et folle, je tirais vanité de ce nom de Don Juan que l'on m'a donné, et que je considérais comme le plus beau fleuron de ma couronne. J'étais si fière, sûre de moi, et cuirassée contre l'amour, que je m'élançais à la conquête d'une nouvelle victime ou plutôt d'une nouvelle dupe; je riais franchement de tous ces succès et de toutes ces défaites: batailles, peu disputées souvent, et dans lesquelles mon corps, qui ne gardait ni le souvenir ni l'empreinte de toutes ces folies, était seul engagé. C'est ainsi, quoique par des moyens qui n'étaient pas ceux que j'employais d'ordinaire, que, présageant un facile triomphe, j'ai tenté la conquête de Gilbert; où en suis-je aujourd'hui....?

Je frémis en y pensant. Malheureuse! peu à peu, j'ai fini par prendre mon rôle au sérieux, j'ai voulu paraître vertueuse, parce que, je ne sais pourquoi, aujourd'hui je méprise le vice, et n'estime que la vertu; parce que mon passé, que je maudis, me fait monter au front la rougeur de la honte...

Vis-à-vis de la vierge folle, l'amour, qui sanctifie tant de choses, venait de faire un miracle, comme il en fait beaucoup plus souvent qu'on ne pense généralement.

Camille, la folle et insouciante pécheresse, était bien près, en ce moment de retour sur elle-même et d'examen de conscience, de devenir une Madeleine repentante et repentie.

Tout à coup un éclair de joie illumina son front et brilla dans ses yeux, comme si une idée lumineuse et bienfaisante lui eût traversé l'esprit. Naufragée, elle venait sans doute d'apercevoir le phare qui devait la conduire au port et lui faire éviter l'écueil...

Elle était habillée, peignée, prête pour sortir. Elle jeta un châle sur ses épaules souples, et posa un chapeau sur ses magnifiques cheveux d'un blond cendré; puis elle sortit furtivement de son appartement en murmurant:

— Dans une église, il y a bien longtemps que je n'y ai mis le pied; mes prières, je les ai oubliées; mais Dieu est bon, il aura pitié de moi et me pardonnera. Ma mère avait une confiance toute particulière en sainte Geneviève, je me souviens encore de cette neuvaine qu'elle fit à cette église, afin d'obtenir de la sainte qu'elle me guérît d'une maladie qui menaçait, au dire des médecins, de m'emporter. Je suis bien tentée de croire que ma mère, sainte Geneviève et la maladie ont eu grand tort: celle-ci de ne point m'avoir prise, celles-là de m'avoir empêchée de mourir. Enfin, quoi qu'il en soit, je vais aller à Sainte-Geneviève, peut-être en sortirai-je bien inspirée...

Quelques instants plus tard, la Don Juan sortait de l'hôtel de Saint-Venant.

. . . .

Voyons maintenant ce qui se passait dans le cabinet noir de l'hôtel de Saint-Venant :

M. Joseph (peu importe son nom de famille) était, chez la comtesse, le personnage le plus important de la domesticité. Cuistre, cafard, Tartufe, ce qui signifie, et de reste, qu'il était sournoisement intelligent, il cumulait bien des emplois, ou plutôt, sans rien faire, il les surveillait tous. Le rez-de-chaussée, comme le premier étage; la cave, comme le grenier ; le jardin, ainsi que les écuries, tout, en un mot, était sous sa responsabilité, ou plutôt sous sa domination, une domination fort despotique, comme l'est toute suprématie exercée par ceux qui, de loin ou de près, se rattachent à l'Eglise, l'humilité et la mansuétude n'étant pas précisément les qualités dominantes de cette engeance doctrinaire et revêche.

Monsieur, qui n'était rien moins que l'incorruptibilité, avait, sinon un grand mérite, au moins un talent incontestable : il savait inspirer de la confiance et faire croire à sa fidélité.

Plus agé que Gaspard, il était moins fort sans doute. Mais bien certainement quils avaient été tirés du même tonneau. Gaspard n'aimait point Joseph (ce qui prouve qu'il lui reconnaissait un certain mérite), mais il se gardait bien de le lui faire voir (ce qui était assez habile).

Quant à la comtesse, au baron et au marquis, ils avaient confiance en Joseph, d'autant plus qu'ils ne tenaient jamais leurs conciliabules criminels que dans l'oratoire où nous avons fait pénétrer le lecteur, et qu'ils considéraient comme un endroit parfaitement sûr.

Il n'en était rien cependant ; sans que les quatre complices s'en doutassent, la plupart de leurs secrets les plus importants étaient, depuis peu, à la merci d'un misérable comme eux. Ce misérable c'était Joseph ; voici comment il était parvenu à pénétrer les secrets de ses maîtres.

Rien n'est gourmand et pillard comme les domestiques des maisons où le bigotisme a ses coudées franches. Les gens d'Eglise se ressentent même un peu de ces deux péchés mignons : un ivrogne *boit comme un sonneur*, et un gourmand émérite a la *mine fleurie d'un chanoine*.

Les domestiques de madame de Saint-Venant n'avaient pas précisément été faits pour elle, ils n'étaient ni moins gourmands ni moins pillards que d'autres ne le sont, de nos jours, dans la plupart des opulentes maisons du faubourg Saint-Germain.

L'un d'eux, le sommelier, un saint homme, qui eût peut-être été très enchanté de manquer la messe, mais qui y allait plutôt deux fois qu'une, était ivrogne, mais ivrogne à ses heures, c'est-à-dire qu'il buvait la nuit, chez lui et seul.

Il s'offrait le vin de sa maîtresse ; et, quant à prendre, il aimait tout autant en prendre du bon que de l'*ordinaire*.

Sans doute que son confesseur, car il allait à confesse, lui donnait l'absolution aussi bien pour une bouteille de bordeaux que pour une bouteille destinée à l'office.

Certains jours, la cave de la comtesse en voyait des grises ; mais de si grises qu'un beau jour Joseph, qui veillait partout, ne voulut rien entendre à de tels écarts et conçut des soupçons.

Joseph était un homme de... à quoi bon nous escrimer à peindre, en pied, au physique et au moral, ce jésuite de bas étage, ce tartufe d'antichambre, pendant que nous trouvons de lui un portrait tout fait, et fait de main de maître, dans le *iuif Errant*. Eugène Sue a su faire de son Rodin, grâce à sa fantasque imagination, un personnage si saisissant, que tout le monde, petits ou grands, connaît Rodin, comme tout le monde connaît Rigolette, Tortillard et Pipelet.

Moins la malpropreté et l'incurie, Joseph ressemblait à Rodin. Il n'en avait pas non plus l'intelligence et n'aspirait pas à la papauté; mais il avait une ambition insatiable, celle de faire fortune. Il était cupide, en attendant qu'il devint avare.

Chez la comtesse, Joseph souffrait? il ne se croyait pas sur un terrain digne de lui. Cependant il y restait en se disant : « C'est une étape sur le chemin qui doit me conduire et me conduira à la fortune. »

Tous les domestiques le craignaient, le haïssaient et lui témoignaient cependant une haute considération. Quant à lui, il était humble, doucereux et froid avec eux, et les méprisait souverainement.

Joseph faisait non pas admirablement, mais habilement, très habilement son service. Il avait ce zèle cauteleux et infatigable qui veille jour et nuit, qui sait tout, qui voit tout. Il rendait certains services à madame de Saint-Venant, ne pillait pas, et empêchait le sac et le pillage autant qu'il le pouvait.

Ce fut dans cette position qu'il s'aperçut que le vin ne faisait que paraître et disparaître dans la cave de l'hôtel.

Bientôt il ne songea plus qu'à prendre le voleur *flagrante delicto*. Il observa le sommelier. Infortuné sommelier! comment pouvait-il échapper à Joseph à l'affût; ce dernier avait la ruse du renard, la patience d'un chameau, l'entêtement d'un mulet, la vue d'un lynx et l'ouïe d'un lièvre.

Un matin, il guettait, il savait déjà que l'ivrogne, au moment du détournement, ne montait pas de suite le vin volé, dans sa chambre, située sous les combles. Le transport en plein jour eût été dangereux. Il se contentait de cacher les bouteilles dans quelques recoins du rez-chaussée ; et, la nuit, il revenait mystérieusement, à une heure où il n'avait plus les clés des caves, les enlever de leur cachette, afin de se les approprier définitivement.

Le recoin était l'endroit que cherchait Joseph, ce dernier savait qu'il existait, mais il ne pouvait le trouver, il avait fouillé la maison ; peine inutile, soins superflus...

Si Joseph soupçonnait le sommelier, celui-ci se méfiait de Joseph. Ils jouaient au plus fin, et l'intendant commençait à se dépiter.

Un matin, donc, l'intendant était, depuis la pointe du jour, caché derrière un lourd rideau, dans un endroit d'où il pouvait voir, d'un côté, la sortie de l'escalier du sous-sol ; d'un autre, les portes des différents appartements du rez-de-chaussée. Il était là, tapi comme la bête féroce, qui flaire et guette sa proie, avec une adresse infernale ; sans que la chose parût venir de lui, il avait fait courir le bruit qu'il était absent de l'hôtel, et ne devait pas y rentrer de la journée.

Le sommelier songea à faire comme les souris. Les temps devenaient durs, il voulut profiter de la circonstance pour faire une capture qui en valût sérieusement la peine.

Joseph le vit, à l'heure du déjeuner, remonter l'escalier du sous-sol avec un panier à bouteilles parfaitement garni. Le sommelier, une fois dans le vestibule, jeta un regard investigateur autour de lui :

— Allons, personne, dit-il ; tout va bien.

Et au lieu de tourner à droite et d'entrer dans la salle à manger, afin d'y déposer son vin, il tourna à gauche et gagna le dessous de l'escalier, qui conduisait au premier étage, et qui était masqué par des fleurs et des arbustes ; cet endroit du vestibule était, en outre, un peu obscur.

Joseph regardait à se crever les yeux et se disait :

— Enfin, je le tiens ; c'est bien étonnant qu'il cache le produit de ses larcins derrière ces caisses de fleurs ; j'y ai regardé plus de vingt fois par jour, et il le...

L'intendant n'acheva pas sa réflexion.

Il était bouche béante, stupéfait. La statue animée du commandeur, dans le *Festin de Pierre* ne produisit pas un autre effet sur ce scélérat de Don Juan.

Joseph venait de voir le sommelier appuyer sa main libre sur une partie du mur ; aussitôt une porte s'était ouverte, sans bruit, devant le voleur qui, après avoir déposé son panier de vin dans une sorte de couloir noir comme un four, avait refermé la porte mystérieuse, en pressant de nouveau le ressort qui l'avait fait d'abord ouvrir.

L'intendant laissa le sommelier s'éloigner. Celui-ci alla chercher un second panier de vin, non moins bien garni que le premier, qu'il déposa cette fois, dans la salle à manger.

Joseph ne l'observait plus. Il était sorti de sa cachette, pendant que le voleur était redescendu à la cave, et se promenait dans le jardin, absorbé par ses réflexions. Il s'étonnait de cette porte et de ce couloir mystérieux, dont il ignorait l'existence, dont il n'avait jamais entendu parler, même à la comtesse.

— C'est bien, se dit-il, après une promenade d'une heure environ. Pour l'instant, le vol de vin devient l'affaire secondaire. Ce qu'il m'importe de savoir, avant tout, c'est l'importance que je dois attacher à la découverte que je viens de faire. J'ai bien remarqué l'endroit où mon voleur a posé deux fois la main ; cette nuit je trouverai le ressort...

En effet, la nuit suivante, pendant que tout le monde, dans l'hôtel, dormait d'un profond sommeil, Joseph, armé d'une lanterne sourde, après dix minutes de recherches, découvrait le ressort, le faisait jouer, ouvrait la porte et se trouvait dans un long couloir, qu'il suivit jusqu'à son extrémité, sans remarquer, tant il était préoccupé, que le vin volé le matin était disparu, et que sans doute le sommelier était venu visiter le couloir secret avant lui.

La visite de Joseph fut longue ; au fond du couloir il trouva une porte. Cette porte sondée, il comprit qu'elle avait été masquée par un mur, du côté opposé où il se trouvait lui-même. Dans cette circonstance, l'intendant s'orienta avec beaucoup de sagacité ; il conclut, et conclut juste, que le couloir, dans lequel il se trouvait longeait l'antichambre, le salon du rez-de-chaussée, et avait autrefois abouti, par la porte murée depuis, dans la pièce dont madame de Saint-Venant avait fait son oratoire.

— Si je ne me trompe pas, se dit notre homme, ce couloir était jadis un passage par lequel M. le marquis de P.... faisait sortir de son cabinet les personnes auxquelles il voulait éviter une rencontre désagréable, dans le salon d'attente ou dans l'antichambre ; enfin, que m'importe, après tout, son ancien usage ? l'essentiel est qu'il existe ; je ne suis pas plus intéressé à savoir comment le sommelier a découvert ce secret important, il en doit la connaissance à l'indiscrétion de quelque domestique du marquis, sans doute ; l'important est que je connaisse l'existence de ce conduit et la manière de s'en servir, mais je dois être le seul ici à le savoir. Demain, sans tambour ni trompette, je chasse le sommelier de l'hôtel, en lui donnant, à titre de gratification, un mois de ses gages.

En ce moment l'intendant refermait la porte ; la lanterne sourde l'éclairait en plein. De bilieux son visage était devenu livide, un sourire mauvais et cauteleux était stéréotypé sur ses lèvres.

— Depuis longtemps, se dit-il, en regagnant sa chambre, je suis certain qu'il se tripote ici quelque chose d'extraordinaire, entre la comtesse, M. de Saint-Ève, le marquis du Leste et M. Gaspard. Quoi ? je grille de le savoir, mais comme ils s'enferment dans l'oratoire de Madame, pour tenir conseil, il eût fallu que je fusse sorcier pour pénétrer leurs secrets. Maintenant, c'est différent, la nuit prochaine... Enfin, suffit.

Sur cette conclusion assez obscure, Joseph, qui s'était couché, s'endormit du sommeil du juste. Il était aussi radieux et enchanté de lui que l'eût été un honnête homme d'un grand génie ayant fait une découverte appelée à rendre de grands services à l'humanité.

Le lendemain, il se tint parole à lui-même, congédia le sommelier, sans vouloir lui donner la moindre explication.

Celui-ci, qui se trouvait bien dans une place où il avait toujours volé autant qu'il avait voulu, jeta les hauts cris et parla de réclamer à madame la comtesse.

— Madame la comtesse, lui répondit Joseph avec une fermeté qu'il savait prendre à l'occasion, me fait l'honneur d'avoir confiance en moi ; tout ce que je fais est bien fait. Si vous y tenez absolument, je vais vous conduire auprès d'elle, mais, je vous préviens que, dans ce cas, vous ne serez gratifié que de huit jours de vos gages, au lieu de l'être d'un mois, comme je vous l'offre, est-ce convenu ?

L'infortuné sommelier s'empressa d'accepter.

— Quoique vous soyez ivrogne, lui dit Joseph d'un ton radouci, et en lui comptant son argent, revenez me voir, dans deux jours, à pareille heure, je vous aurai probablement trouvé une place qui vaudra bien celle que vous avez ici.

Le sommelier se retira en saluant jusqu'à terre. Il savait que l'intendant promettait rarement, mais que, d'ordinaire, il tenait les promesses qu'il faisait.

Dans la rue, le voleur de vin, en jetant un triste regard d'adieu à la maison dans laquelle il avait bu de si *bons coups* (c'était son expression) se faisait cette réflexion :

— Mais pourquoi diable me renvoie-t-il, puisqu'il veut me placer ailleurs ? Oh ! ce Joseph, tout un puits de mystères....

La nuit suivante, et toujours le plus secrètement possible, l'intendant fit une seconde excursion dans le couloir. Bien outillé, il en profita pour percer la porte et le mur assez épais qui la condamnait. Il n'était plus séparé du curieux oratoire de la Saint-Venant que par quelques linéaments de plâtre et la tapisserie en velours noir.

Le lendemain, qui était le jour de l'introduction de mademoiselle Don Juan dans l'hôtel de Saint-Venant, Joseph commençait à récolter les fruits de sa découverte et de ses peines, c'est-à-dire à surprendre les secrets de ses maîtres.

Les jours suivants cet espionnage continua, mais Joseph, tout en comprenant bien que sa maîtresse n'était qu'une coquine, et ses complices des scélérats, ourdissant des crimes affreux, ne comprenait pas bien toutes les révélations souvent tronquées, qui arrivaient jusqu'à lui.

Nous l'avons dit, cet homme avait la patience du chameau. Il attendit des éclaircissements du temps, pensant, avec raison, que d'autres révélations ne manqueraient pas de venir expliquer et éclaircir ce qu'il y avait d'obscur et d'incompréhensible pour lui dans celles qu'il avait déjà surprises.

Le jour où, moyennant le payement de ses dettes, le marquis du Leste se chargeait de tuer Gilbert en duel, Joseph était à son poste, derrière la porte, autrefois hermétiquement murée, du sombre couloir. Il écoutait des deux oreilles; nous pouvons affirmer qu'il ne perdit pas une parole de la discussion des trois assassins.

L'entretien de ces trois derniers terminé, Joseph les laissa s'éloigner, et sortit radieux de sa cachette. Cette fois, on avait parlé clairement, il avait parfaitement compris tout ce qu'il avait entendu.

Quand il traversa le vestibule, il rencontra Gaspard, auquel il décocha un salut obséquieux qui sentait le courtisan et le tartufe d'une lieue.

— Il faudrait bien maintenant, se dit Joseph, que je sache ce que vont décider la comtesse et Gaspard, afin de savoir dans quel restaurant ce dernier conduira dîner Gilbert, afin de mettre le marquis à même de provoquer le provincial; c'est impossible, madame est au premier, le Gaspard va avoir les honneurs du boudoir, et quand les uns ou les autres sont dans ce capharnaüm de la bichonnerie, ils parlent à voix si basse, qu'on n'entend rien. Je m'en suis assuré....

Après tout, reprit le frontin, après quelques secondes de réflexion, que m'importe la vie de M. Gilbert ! Au contraire, sa mort m'intéresse bien autrement. Laissons la comtesse et ses amis commettre le crime qu'ils méditent. Ce sera déjà,

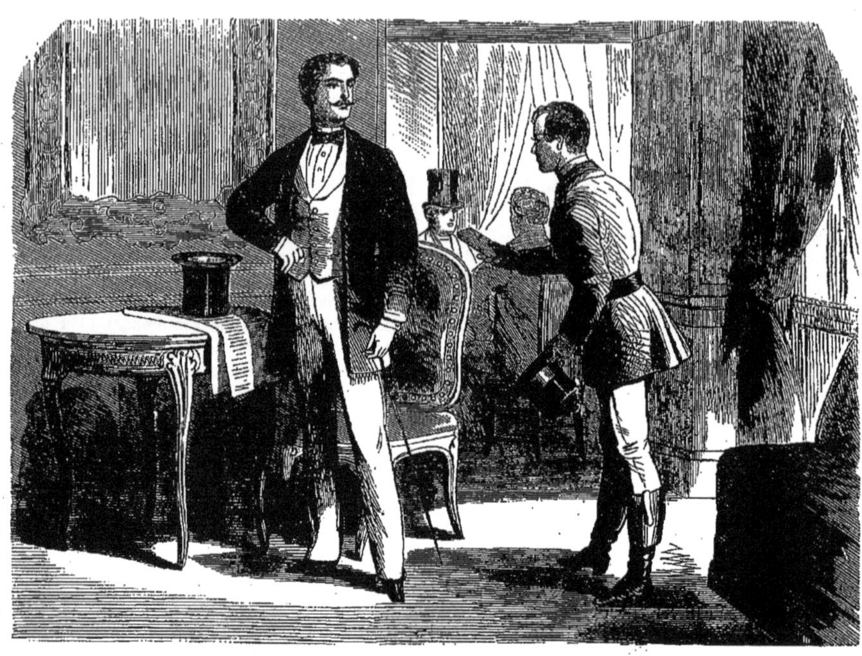

Le garçon remit la lettre à Gaspard. (Page 60.)

pour moi, un moyen de les faire chanter fort et longtemps ; j'espère bien que ce ne sera pas le dernier qu'ils mettront à ma disposition.

Joseph regarda sa montre.

— Deux heures déjà ! s'écria-t-il, diantre ! je suis en retard. Mon grognard qui doit m'attendre depuis une heure. Un drôle de corps que ce particulier. Il croit me tirer les vers du nez, c'est moi qui lui tire ses pièces d'or de sa poche. Le jobard, il m'a déjà rapporté cinq cents francs depuis huit jours que je le connais.

Pour quelles raisons peut-il s'intéresser aussi vivement à tout ce qui se passe à l'hôtel ! Voyons, je l'ai connu à peu près le jour où mademoiselle Camille et M. Gilbert ont fait acte d'apparition chez la comtesse. L'une ou l'autre de ces deux personnes doit être cause de l'enquête de mon vieux de la vieille ; il faut que j'éclaircisse ce point....

Joseph, raide, compassé, ayant pris une mine et une allure très affairées, sortit de l'hôtel, remonta la rue de Verneuil, tourna à gauche, par la rue des Saints-Pères et gagna le quai, qu'il des-

cendit jusqu'à la rue du Bac. A l'angle de cette rue, il y avait un café déjà alors. Le frontin y pénétra, et découvrit bientôt, de son regard naturellement investigateur, celui qu'il cherchait.

Polygonne qui, fidèle à la consigne, attendait, en buvant une fine goutte, le frontin, depuis midi et demi, à une minute près.

Pauvre Polygonne ! combien il était peu de taille à se mesurer avec le rusé compère. Au moins si, comme il l'avait un instant désiré, il avait eu les supplices de la sainte Inquisition à son service...

XIII

DANS LEQUEL POLYGONNE EST FORCÉ DE CONVENIR QUE SI L'OR EST LE NERF DE LA GUERRE, IL EST, A PLUS FORTE RAISON, CELUI DE L'INTRIGUE.

Les deux hommes s'abordèrent, en se serrant la main pour la forme ; et, pendant que Joseph s'asseyait, Polygonne demanda un verre, qu'un garçon, qui le considérait déjà comme un habitué, s'empressa d'apporter.

— Je vous ai fait attendre... commença Joseph.

— Ça ne fait rien, dit Polygonne; point d'excuses; l'essentiel est que vous soyez venu : mon temps n'est pas d'or.

— Très bien.

— Quoi de nouveau? demanda Polygonne.

— Dame... dit Joseph d'un air mystérieux.

Le grognard, à qui ce n'était pas la première fois que pareille chose arrivait, comprit ce que l'air mystérieux signifiait.

— Allons, ça commence bien, se dit-il; déjà le système des hésitations, nous voici lancés dans les *oui* et les *non* à n'en plus sortir. Diable d'homme, si je pouvais te chauffer un peu les pieds, comme au temps de l'Inquisition...

Malgré cette réflexion et ce souhait peu charitables, la main de Polygonne, armée de la pièce d'or corruptrice, alla trouver la main de l'intendant, qui, au grand étonnement du soldat, repoussa la main et l'offrande.

— Diantre! dit Polygonne; si, même pour de l'or, il n'allait plus vouloir parler... Que diable va-t-il me demander...? des diamants peut-être...

Son regard étonné interrogeait la figure impassible du larbin, qui, de ses yeux de lynx, épiait les émotions de son interlocuteur.

— M. Polygonne, dit enfin Joseph, je vois que vous êtes un brave homme.

— Un brave et un homme, je le crois, dit le troupier, en faisant une sorte de moue, qui prouvait le peu de cas qu'il faisait de l'estime du frontin.

— J'en suis un autre, dit ce dernier.

— Un brave homme, c'est possible.

— Non seulement c'est possible, mais encore c'est certain.

— Après? demanda Polygonne, pour éviter de faire des concessions à une probité à laquelle il ne croyait pas.

— Eh bien, à partir d'aujourd'hui, il faut agir, entre nous, comme de braves gens et jouer cartes sur table.

— Je ne demande pas mieux.

— C'est le plus sûr moyen que vous ayez d'apprendre de moi ce que vous avez intérêt à savoir.

— Veuillez vous expliquer.

— Eh bien, veuillez me dire ce que vous tenez absolument à savoir des affaires de ma maîtresse. Dites-moi pourquoi vous dépensez ainsi de l'argent à me faire bavarder.

— Il appelle ça bavarder : des *oui*, des *non*, pensa Polygonne.

Joseph continua :

— Enfin, afin que nous puissions nous entendre, interrogez-moi franchement; dites-moi catégoriquement ce que vous voulez savoir.

— Si j'étais certain que vous me répondiez franchement, comme je vous interrogerais!

— Je vous répondrai. Tenez, la preuve, c'est que je vais aller au-devant de vos questions. D'abord, est-ce à M. Gilbert Noël ou à mademoiselle Camille de Saint-Venant que vous vous intéressez?

— Je me moque bien de mademoiselle Camille de Saint-Venant, s'écria Polygonne.

— Alors c'est à M. Gilbert que vous portez de l'intérêt, demanda Joseph, de sa voix la plus insinuante.

Cette question fit faire un mouvement de dépit au grognard. Il craignait d'en avoir trop dit et de s'être laissé deviner.

— Voyons, reprit Joseph, puisqu'il s'agit de préciser franchement les choses, afin de pouvoir, ensuite, nous entendre et voir ce qu'il y a à faire, vous n'avez nullement besoin de paraître consterné de l'aveu tacite que vous venez de me faire. Au reste, je connais M. Gilbert Noël, depuis peu, il est vrai, mais je n'en suis pas moins convaincu qu'à tous les titres il mérite l'intérêt et l'affection que vous lui portez. Ceci convenu, il faut que je vous avoue que tout ce que j'ai découvert à l'hôtel, depuis notre dernière entrevue, intéresse surtout votre jeune protégé. La chose est grave, très grave même, aussi ne s'agit-il plus d'agir comme des enfants : vous, comme un homme qui fait commettre des indiscrétions à son concierge, en lui graissant la patte; moi, en vous vendant le plus cher possible des paroles, auxquelles je ne comprends pas grand'chose, et que vous vous expliquez mal. Jusqu'à présent, je ne savais rien, ou que fort peu de chose, du moins. Aujourd'hui, grâce à de grands efforts et à une véritable surveillance de garde-chiourme, je sais bien des choses. Il s'agit donc de faire un marché entre nous. Je veux vous vendre mon secret, il faut en débattre le prix. Au reste, si vous ne voulez vous entendre, je vais prévenir M. Gilbert, qui, lui, au moins, me payera en millionnaire qu'il est, c'est-à-dire sans compter.

— Il ne faut pas aller trouver Gilbert, dit Polygonne.

— Pourquoi? puisque la chose l'intéresse tout particulièrement, fit observer le rusé intendant.

— Il me faut vendre votre secret, à moi.

— Très volontiers.

— Combien?

— Vingt-mille francs.

Ces derniers mots firent faire à Polygonne un soubresaut sur son siège.

— C'est bien grave aussi, Monsieur, reprit le larbin; savez-vous que M. Gilbert a des ennemis.

— Je le sais.

— Eh bien, ces ennemis veulent l'assassiner.

— L'assassiner! s'écria Polygonne, en se dressant, comme s'il eût été mû par un ressort. Votre secret, monsieur?

— Les vingt mille francs? *Donnant, donnant*, comme dit le marquis du Leste, et en affaires il a raison. On ne se repentira jamais d'avoir agir ainsi.

Polygonne était en proie à une indicible émotion. Il suait sang et eau, une sueur froide perlait sur son front et inondait son visage. La vie de Gilbert était menacée; il s'agissait de le sauver, moyennant vingt mille francs, et Polygonne savait ne pas avoir cette somme. A peine s'il en avait la moitié.

— Vingt mille francs! dit-il en bégayant, et d'une voix étouffée, comme si ses paroles l'eussent étranglé.

— Oui, vingt mille francs, et je vous jure que c'est pour rien, M. Polygonne, dit Joseph.

— Mais je ne les ai pas, répondit le grognard désespéré.

— Il faut alors les emprunter à M. Gilbert; puisque c'est pour lui sauver la vie.

— M. Gilbert ne sait pas, et ne doit pas savoir que je suis ici, répondit Polygonne; mais, attendez, je puis me procurer l'argent.

Dans combien de temps?

— Dame, ce serait toujours au moins une affaire de quatre jours.

— C'est bien long, fit Joseph; puis, après avoir réfléchi, il reprit : « De combien pouvez-vous disposer séance tenante?

— De la moitié de la somme que vous me demandez, de dix mille francs.

— Eh bien, donnez-moi cette somme, et je vous livre mon secret, dit l'effronté larbin, en se faisant en aparté cette réflexion :

« Laisse faire, va, mon vieux; je ne t'en donnerai que pour ton argent. Tu ne sauras, de mon secret, que la partie que je puis t'avouer, sans nommer les masques, et, par conséquent, sans me compromettre.

Le grognard, qui, pour lui, avait toujours été très économe, qui, au régiment, avait un crapaud (petit sac de cuir, que son propriétaire portait, suspendu à son cou, comme un scapulaire), qui, dans ce crapaud, avait thésaurisé sa solde, de façon à envoyer de fréquents soulagements à sa vieille mère, devait être prodigue, comme un homme qui ignore le prix de l'argent, du moment

qu'il serait question d'empêcher un cheveu de tomber de la tête de M. Gilbert.

— Je n'ai pas les dix mille francs sur moi, dit-il à Joseph sans hésiter. Voulez-vous m'accompagner, je vous prie, afin que je puisse vous les remettre?

— Volontiers, répondit le larbin.

Le grognard conduisit, au pas de course, Joseph à l'hôtel de la Paix, où il lui compta les dix mille francs. Cette première opération terminée, et l'argent empoché, Polygonne reprit :

— Voyons, maintenant, le secret; surtout, prends garde qu'il ne vaille pas l'argent que je viens de te donner; s'il en était ainsi, tu aurais affaire à moi, et puis à d'autres.

Joseph était sans doute de ceux qui pensent qu'un ennemi connu n'est pas à craindre, et que, seuls, sont sérieusement dangereux les ennemis qu'on ne sait où trouver. Aussi il n'y eut que les mots : *et puis à d'autres*, dits d'une certaine façon par le grognard, qui l'effrayèrent et lui firent sérieusement dresser l'oreille, dans la menace qu'il venait d'entendre.

— Le secret que je vais vous confier, dit-il avec son assurance habituelle cependant, vaut dix fois l'argent que vous venez de me compter. M. Gilbert a des ennemis, des ennemis lâches et impitoyables; lui qui semble si bon et si honnête, comment cela se fait-il? Je n'en sais rien, mais cela est, et un fait n'est pas discutable. Ses ennemis, que je ne puis vous nommer, pour le moment, sous peine d'en faire les miens, ce dont je me soucie peu, ont décidé de se débarrasser de votre protégé dans le plus bref délai, c'est-à-dire avant deux jours. Où, je ne sais, c'est à vous de découvrir cela, en raison de ce que je vais encore vous dire, et en suivant M. Noël, partout où il ira, sans le perdre de vue un seul instant. Quant aux moyens que les assassins emploieront, voici : ils n'ont pas adopté l'assassinat, comme étant trop compromettant; ils ont choisi le duel. Si le duel devait être loyal, ce ne serait plus un assassinat; mais il ne le sera pas. D'abord, ils ont trouvé un spadassin qui jouit d'une rare réputation d'adresse, et qui doit s'arranger de façon à avoir le choix des armes, comme insulté. Enfin, sur le terrain même, il y aura sans doute encore quelque odieuse supercherie qu'on n'a pas encore définie.

Voici tout ce que je sais, M. Polygonne, êtes-vous content, et regrettez-vous encore vos dix mille francs?

— Non, dit le grognard d'un ton bourru, et en se levant pour congédier le larbin, qui comprit la signification du mouvement et s'empressa de se retirer.

Un duel! un duel ! dans d'aussi fâcheuses conditions, peut être un assassinat; c'est toujours une détestable affaire, se dit Polygonne, aussitôt qu'il fut seul. Cependant la perspective d'un combat à outrance ne m'effraye pas trop. Gilbert est brave, agile, il a du sang-froid, le coup d'œil sûr, la main leste; Gibon, comme coup de terrain lui a appris la fameuse botte, à l'aide de laquelle il tua jadis le colonel autrichien; de mon côté, je lui ai enseigné celle qui m'a permis, autrefois, d'envoyer ce fameux major anglais prendre sa retraite dans le royaume des taupes. Décidément il faudra que le spadassin, quelque bandit à l'eau de rose, ne soit pas manchot pour occire le fils de M. Noël. Ce qu'il faut surtout éviter, c'est que le brigand ait le choix des armes. A cet effet, je vais écrire un avis anonyme à M. Gilbert, afin de le mettre en garde contre toute provocation peu catholique provenant d'un inconnu. Il faut aussi que j'écrive à Gibon pour un appel aux fonds, ce tartufe d'antichambre m'a complètement dévalisé. Qu'importe! Qu'est-ce que c'est que dix mille francs pour M. Noël! Une goutte d'eau dans un puits!

Polygonne n'avait pas l'habitude de remettre au lendemain, ce qu'il pouvait faire le jour. Une demi-heure plus tard, il jetait les deux lettres à la poste. Celle pour Gilbert était ainsi conçue ;

« Avant deux jours, on vous provoquera en duel. Par amour pour Alphonsine, soyez prudent, et arrangez-vous surtout pour être l'insulté.

« Un ami qui veille sur vous. »

Le garçon, qui était payé en conséquence, par Gaspard, remit cette lettre à ce dernier, qui la décacheta, la lut et en fit son profit. Malgré les dix mille francs et les efforts de Polygonne, Gilbert ne fut prévenu de rien. L'association Saint-Eve et Cie triomphait.

<h3 style="text-align:center">XIV</h3>

LA PROVOCATION ET LE COMBAT.

C'était deux jours après la scène préparatoire, et en quelque sorte explicative, que nous venons de raconter. Il était six heures du soir, celle des dîners et des dîneurs. La foule formait sur le boulevard de Gand comme un remous, s'alimentant des flots de flâneurs qui débouchaient des rues adjacentes sur cette large voie, qui, par son caractère particulier, n'a pas de rivale dans l'univers, et dont Paris s'énorgueillit à juste titre, quoiqu'elle s'appelle aujourd'hui le boulevard des Italiens. Peu importe le nom, si la chose est toujours la même et son aspect magique aussi puissant.

Gilbert et Gaspard se promenaient perdus dans cette mer houleuse. Le premier était triste, comme tout amoureux dont le cœur soupire, peut-être à l'unisson, mais à une respectable distance de la femme aimée. Grâce à l'ingérance de son compagnon dans sa correspondance, et à l'infidélité du garçon d'hôtel, il n'avait pas encore reçu une seule lettre de Grandchamp, de son père ou d'Alphonsine, et il augurait mal de ce silence prolongé de ceux qui lui étaient chers, et dont il ne pouvait mettre en doute l'amour, l'affection et le dévouement ; Gaspard essayait de consoler Gilbert, et prévoyait déjà que la tristesse de son ami allait l'aider à mettre ce dernier en présence du marquis du Leste.

Derrière Gilbert et son compagnon, séparés d'eux par un seul groupe de deux femmes, venait le marquis, familièrement appuyé sur le bras du baron de Saint-Eve :

Un groupe de flâneurs, cigares aux dents, lorgnons sur le nez ou dans l'œil (la mode du lorgnon commençait à prendre), suivait le marquis, puis, venait isolément le commandant Beaujeu, ou plutôt le brave Pyramide, qui, raide et gourmé, comme un prospectus de bonne maison, avait l'œil sur la tête de colonne, c'est-à-dire sur Gilbert.

Le serpent ondulant, dont Gilbert et Gaspard étaient en quelque sorte la tête, avait une queue, qui s'adaptait juste, aux boutons de derrière de la redingote dite *à la propriétaire* de Pyramide : cette queue, c'était Polygonne en personne, qui, en grande livrée de domestique intime, c'est-à-dire presque aussi bien mis que son prétendu maître, ne ressemblait en rien au Polygonne ami de Gibon, garde-chasse à Grandchamp.

Le grognard, en inclinant la tête tantôt à gauche tantôt à droite, voyait, par-dessus les épaules de son chef de file, auquel il emboîtait consciencieusement le pas, les mouvements de la tête de colonne.

Ainsi qu'on le voit, tous nos personnages les plus importants, ou du moins les plus intéressants, étaient sous les armes, sur l'aristocratique boulevard.

— Tu t'ennuies, dit tout à coup Gaspard à Gilbert, je comprends cela, mais ce n'est pas une raison, bon Dieu ! pour se laisser mourir du spleen. La mort est toujours une sotte chose, quand bien même de sottes gens essayeraient de mettre stupidement à la mode la maladie dont elle ne serait que la démonstration.

— Le spleen, dit Gilbert en souriant mélancoliquement, je sais ce que c'est : la maladie d'un idiot qui n'a pas assez d'esprit pour se procurer des moyens de distraction; qui, non content de s'ennuyer seul, pousse l'égoïsme jusqu'à vouloir que les autres s'ennuient avec lui. Oh ! quelle stupide engeance !... Ne crains rien, Gaspard, je n'ai aucune disposition à avoir le spleen; j'ai la tête et le cœur trop occupés pour cela.

— Laissons pour un instant la tête et le cœur de côté, dit Gaspard, et occupons-nous, si tu le permets, de nos estomacs.

— Je gage que tu vas nous parler de dîner ? demanda Gilbert.

— Dame, mon très cher, si tu vis assez détaché de la terre, pour oublier que l'homme n'est qu'un animal, qui ne peut aimer qu'à la condition de vivre, et vivre qu'à la condition de manger; moi je ne l'ai pas oublié et je me souviens que j'ai l'habitude de faire deux repas par jour et que l'heure de faire le second est arrivée. Tu me diras peut-être que c'est stupide et grossier de matérialisme; mais au moins tu conviendras que c'est assez naturel. Si tu te nourris d'amour, je n'ajouterai pas d'eau fraîche, car je ne t'ai jamais vu boire de ce fade breuvage; je t'avouerai que Brillat-Savarin, Carême et quelques autres gastronomes que j'ai lus et consultés, sur l'important système de la nutrition, sont loin de recommander ta manière de voir et d'exister. Donc l'heure du dîner étant venue, si tu veux m'en croire, afin d'être bien placés, et de jouir du premier bouillon de la marmite, nous entrerons dans quelque restaurant, afin de satisfaire à la commune et quotidienne habitude. Tonnerre ! comme dit ce brave Gibon, à Grandchamp, secoue-toi un peu, et allons nous mettre à table.

Gilbert était dans une telle disposition d'esprit qu'un semblable verbiage, de tout autre que de Gaspard l'eût fatigué plutôt que réjoui, mais il aimait ce dernier, il était habitué au timbre de sa voix, il savait mieux que personne que, d'ordinaire, son compagnon était très sérieux; s'il était gai ce n'était donc qu'afin de l'égayer lui-même. Gilbert savait à Gaspard un gré infini de la peine qu'il se donnait.

Pour l'en récompenser, il fit un effort sur lui-même, afin de secouer les idées tristes qui malgré lui, l'avaient assiégé toute la journée en affectant au point de lui avoir fait venir, plusieurs fois, les larmes aux yeux.

— Tu as raison, dit-il à Gaspard; à quoi bon me chagriner comme je fais? Demain, je recevrai bien certainement une lettre de mon père ou d'Alphonsine, je me range à ton avis, dînons. Tiens, si tu veux, entrons au café Foy; on y est bien, dit-on. Je te recommande la carte, soigne-la en gastronome.

— Allons pour le café Foy, dit Gaspard.

Les deux jeunes hommes étaient arrivés à l'angle de la Chaussée d'Antin où se trouve, encore aujourd'hui, le célèbre établissement dont ils venaient de parler. Sans s'arrêter, ils entrèrent dans le café, par la porte qui donne sur le boulevard. Gaspard s'arrangea de façon à faire passer son compagnon devant lui et le premier, pendant que du regard il s'assurait que du Leste et le baron les suivaient de près.

Les trois complices eurent le temps d'échanger un regard d'intelligence; puis le marquis et le baron, ayant laissé les deux dames qui les séparaient de leurs devanciers continuer leur chemin, pénétrèrent dans le restaurant, à la suite de Gaspard, et sans que la porte eût eu le temps de se refermer.

Derrière les deux assassins parut Pyramide suivi de Polygonne, de sorte que le garçon se fit cette réflexion intéressée :

— Diantre! ça va comme chez Nicollet, de plus fort en plus fort, on fait la queue comme au théâtre. Tant mieux! les pourboires vont tomber dru comme grêle...

Et ce diminutif d'Amphytrion s'empressa de placer ses six derniers dîneurs.

Un hasard voulut qu'ils se trouvassent deux par table, à trois tables placées en file; Gilbert et Gaspard étaient à la première, au fond du café ; à la seconde, se trouvaient le marquis et le baron. La troisième plus rapprochée des portes, donnant sur le boulevard et sur la Chaussée d'Antin, était occupée par Pyramide et Polygonne. Les six convives se trouvaient donc placés dans l'ordre dans lequel ils avaient pénétré dans le restaurant. Trois ou quatre autres tables étaient déjà occupées, ou furent bientôt remplies. La salle, assez exiguë du reste, était pleine, à six heures et demie.

Le commencement du dîner fut calme ; les convives causaient entre eux, et à mi-voix; en gens bien élevés, qu'ils étaient pour la plupart. A la dérobée du Leste et Gaspard se communiquaient leurs pensées du regard. Pyramide et Polygonne s'étaient déjà dit plusieurs fois : « Allons, ce ne sera pas encore pour cette fois », et le dernier des grognards avait ajouté :

— Ça commence à m'ennuyer et à me faire monter la moutarde au nez. Si mon Tartufe s'était, par hasard, f.... de moi...

Au dessert, Gaspard était occupé, de toute son attention, à consulter la carte, et paraissait étranger ou indifférent à tout ce qui se passait autour de lui. C'était le moment convenu entre lui et ses complices. Gilbert n'ayant, pour l'instant, personne à qui parler, examinait curieusement la salle ; et sans songer, le moins du monde, à commettre une indiscrétion, était naturellement disposé à entendre ce qui se disait auprès de lui.

Tout à coup ces mots : *Madame de Saint-Venant* frappèrent son oreille.

Ce nom estimé, presque aimé, était bien fait pour captiver son attention. Sans s'expliquer pourquoi, il écouta, après avoir jeté un regard d'examen sur ses deux voisins, le marquis et le baron, qu'il n'avait pas remarqués jusqu'alors. Gaspard continuait à lire sournoisement la carte, comme s'il eût voulu se la graver dans la mémoire. Bientôt la pensée de Gilbert, entièrement captivée ailleurs, fut bien loin du traître, du judas, qui le livrait si lâchement à des assassins.

Voici ce qui se disait, à deux pas de Noël, et ce que ce dernier entendait parfaitement, avec une colère qui ne pouvait faire autrement que d'éclater.

C'était du Leste qui racontait ; sans crier, il parlait assez haut pour que Gilbert, qu'il feignait de ne pas voir, ne perdît pas une seule de ses paroles.

— Vous me demandez, cher baron, disait-il, si je vais toujours chez la Saint-Venant. Eh, bon Dieu, dites-moi, qu'irais-je faire chez cette femme?

— Ma foi, marquis, je n'en sais rien ; je vous ai fait cette question, comme je vous en eusse fait une autre, et parce que je me suis rappelé qu'autrefois vous étiez l'un des fidèles de la comtesse. Vous souvient-il que c'est chez elle que nous avons fait connaissance ?

— C'est possible, reprit du Leste ; aujourd'hui, nous sommes assez intimes pour que je vous dise les raisons qui m'ont fait cesser mes visites à l'hôtel de la rue de Verneuil. Vous connaissez la comtesse, vous savez de quelle réputation elle jouit de l'autre côté de l'eau. Nos collets-montés du noble faubourg la considèrent comme une sainte, et la font passer pour un modèle de vertu et un trésor de charité. Beaucoup parmi eux, si on les laissait faire, la canoniseraient de son vivant.

— Cette belle réputation serait-elle usurpée ? demanda M. de Saint-Eve.

— Parfaitement, répondit du Leste ; la comtesse n'est qu'une voleuse ; et elle est d'autant plus coupable à mes yeux, qu'elle vole le pain des pauvres, me comprenez-vous ?

Cette réponse frappa Gilbert peut-être plus douloureusement qu'un soufflet en pleine figure. Il rougit et pâlit tour à tour, comme si le reproche de vol lui avait été adressé à lui-même. Il connaissait assez madame de Saint-Venant pour comprendre et être intimement convaincu que l'accusation qu'il venait d'entendre n'était qu'une infâme calomnie.

Gaspard, Gilbert ne le voyait plus, mais lui, les deux grognards observaient son agitation, sans rien y comprendre ; car du Leste étant presque

tourné du côté de Gilbert, ils ne pouvaient entendre ce qu'il disait.

— Ce n'est pas tout, disait le marquis ; si vous connaissez la comtesse, vous connaissez aussi sa nièce ?

— Un ange, dit-on, fit Saint-Eve.

— Fait comme un charmant démon, reprit du Leste en souriant ; vous ne sauriez croire que cette agnès en est à son quatrième amant.

Gilbert, qui aimait Camille d'une noble amitié, qui eût répondu d'elle comme il eût répondu d'Alphonsine, n'eut pas la patience d'en entendre davantage.

Avant que personne eût deviné ses intentions et prévu ce qu'il allait faire, il se leva, et saisissant le bras du marquis, lui dit d'une voix contenue, que la colère et l'émotion rendaient sifflante :

— Monsieur, vous êtes un lâche, un misérable et vous mentez. Sortons, pour l'honneur du nom des personnes dont nous venons de parler, je ne veux pas une querelle ici.

— Ah ! vous m'écoutiez... essaya de persifler du Leste.

Il n'acheva pas, Gilbert l'avait souffleté de son gant. Le bruit sec du soufflet fit simultanément lever les cinq convives qui après Gilbert avaient pénétré dans le café Foy.

Polygonne, qui s'était trouvé le premier debout, se précipita résolûment entre Gilbert et le marquis.

Au grand étonnement de tous les dîneurs, qui avaient suspendu leur repas pour suivre les émouvantes péripéties du drame qui se passait sous leurs yeux, Polygonne, en deux tours de main, avait fait sauter la perruque et les énormes favoris rouges qui, jusque-là, avaient trompé le regard soupçonneux et toujours investigateur de l'hypocrite, qui s'étant levé, de son côté, semblait disposé à faire tous ses efforts pour arranger une affaire qui n'était pas arrangeable.

Quant à Pyramide, il observait, prêt à tout jeter à la porte, excepté M. Gilbert, sur un signe de Polygonne. Au dehors, il y avait déjà foule aux deux portes ; les garçons avaient été forcés de les fermer, afin que le flot de curieux n'envahît pas l'établissement. Avec une rapidité qui n'a de rivale que l'électricité, et qui a un caractère tout parisien, la nouvelle faisait son chemin, mais en se dénaturant un peu.

— Tiens, c'est vous, Polygonne ! dit tout à coup Gilbert, dont la colère était un peu tombée depuis qu'il avait souffleté le marquis.

— Que veut cet homme ? demanda ce dernier avec une rage feinte.

— Ce que je veux, je vais vous le dire, répondit

Polygonné, en jetant un regard d'écrasant mépris sur celui qui l'interrogeait. Je prétends que vous êtes un assassin, et je prie M. Gilbert de ne pas se battre contre un homme de votre espèce. La querelle actuelle est le résultat d'une intrigue, et n'est qu'un guet-apens infâme. Depuis deux jours, sans savoir qui devait faire le coup, je savais que des lâches devaient provoquer en duel le fils de mon maître, j'ai suivi ce dernier, comprenez-vous, maintenant ?

Polygonne avait parlé haut, avec irritation, de façon à ce que tout le monde l'entendit. L'affaire se compliquait singulièrement : le mot assassin avait fait dresser toutes les oreilles et tendre tous les cous; tant au dehors qu'au dedans, l'émotion était à son comble.

Du Leste, quoiqu'il jugeât la position critique, car il était évident que le grognard avait pénétré une partie des secrets de la ténébreuse association dont lui-même faisait partie, ne se démonta pas. Nous l'avons dit, du reste, ailleurs, cet homme était foncièrement brave.

— Très bien, dit-il avec un superbe sang-froid ; deux querelles au lieu d'une ; je me battrai deux fois. Mais cet homme parle de guet-apens ; est-ce celui qui est souffleté par l'un, insulté par l'autre, qu'on peut accuser de guet-apens ?

Un murmure approbateur courut dans la galerie des dîneurs.

Gilbert, jugeant à propos de faire cesser un état de choses qui semblait devoir tourner au scandale, et qui lui déplaisait souverainement :

— Finissons, monsieur, dit-il à du Leste, en écartant Polygonne ; cessons de nous donner en public. Cet homme est au service de mon père et au mien ; vous devez donc, si vous voulez vous battre deux fois, comme vous l'avez dit, m'accorder la priorité, à laquelle j'ai droit, à tous les titres.

— Soyez tranquille, monsieur, c'est bien aussi mon intention ; on se bat contre le maître, on méprise le valet.

A ces mots, Polygonne faillit éclater et se ruer sur l'insolent ; mais Gilbert le contint, d'un ordre impérieux. Les deux adversaires du lendemain échangèrent leurs cartes. M. de Saint-Eve prit celle de Gilbert et Gaspard celle du marquis ; puis les six dîneurs sortirent du café Foy, après avoir, chacun pour son compte, jeté deux ou trois billets de banque aux garçons de l'aristocratique restaurant.

. . . .

Il est neuf heures du soir. La scène se passe dans la chambre à coucher de Gilbert, à l'hôtel de la Paix.

Le jeune homme et Polygonne sont seuls, assis en face l'un de l'autre.

— Ainsi, tu dis, fit Gilbert, que c'est à la prière de ma cousine, que Gibon, me croyant menacé par les ennemis de notre famille, t'a envoyé à Paris, afin de veiller sur moi.

— Oui, c'est bien cela, dit Polygonne, mais ce n'est pas cela dont il s'agit, tonnerre ! Voyons demain, vous vous battez en duel contre un spadassin très adroit, qui fait métier, dit-on, de tirer l'épée comme Grisier; et vous ne voulez pas vous refaire un peu la main. Voyons, de la raison, M. Gilbert, ne serait-ce que pour votre charmante cousine, que vous aimez tant. Allons, reprenons ces fleurets, vite en garde ! que je vous apprenne le fameux coup avec lequel j'ai démonté le major anglais. Vite à nos pièces ! comme on dit dans l'artillerie.

— Je le connais depuis longtemps le coup de votre major anglais, dit Gilbert.

— Assurons-nous-en toujours. On se rouille à ne point pratiquer, et il y a au moins huit mois que vous n'avez pas tenu un fleuret.

— Voyons, Polygonne, parle-moi de Grandchamp, d'Alphonsine, de mon père, de Gibon...

— Que voulez-vous que je vous en dise ? Que voulez-vous que j'en sache ? puisque mon départ a suivi le votre de si près, que je suis arrivé à Paris le même jour que vous. Mais, tenez, je suis bon prince, je consens à vous faire une concession. Je vous parlerai, aussi longtemps que vous voudrez, des personnes que vous aimez, et que nous avons laissées là-bas, mais à une condition.

— Laquelle ?

— Que nous allons repasser toutes nos bottes et coups de terrain, afin que vous soyez en mesure demain d'embrocher le coquin comme une volaille.

Gilbert connaissait les deux grognards de son père. Il les savait aussi entêtés que deux mulets, quand il s'agissait de faire une bonne action. Il comprit donc qu'il serait parfaitement inutile d'essayer de faire démordre Polygonne de son idée et se résigna à faire à la volonté de ce digne homme dont il savait apprécier l'affection et le dévouement.

Bientôt M. Gilbert et Polygonne furent en garde.

Cinq minutes plus tard, Polygonne, ébaubi et un peu confus, touché une première fois, désarmé la seconde fois, proclamait son élève un des meilleurs tireurs de Paris et de l'armée, c'est-à-dire de France et de Navarre, et par conséquent de l'univers entier.

— Sacrebleu ! M. Gilbert, dit-il avec sa joviale bonhomie, je suis aujourd'hui forcé d'avouer que d'élève vous êtes passé maître.

Maintenant je suis complètement tranquille sur votre sort et même sur le mien, car quoique le marquis ait dit, qu'on ne faisait que *mépriser le valet*, je saurais bien si, par un hasard, il vous arrivait malheur, le forcer à se battre, en lui écrasant ma croix d'honneur sur le museau, histoire de lui prouver qu'en fait d'honneur j'en ai pour lui et pour moi.

En disant cela Polygonne rageait, il était facile de voir que les paroles insultantes dites par du Leste au café Foy étaient restées gravées dans son esprit.

— Causons de Grandchamp, dit Gilbert.

Immédiatement, Polygonne raconta à Gilbert tout ce qui lui était arrivé, depuis l'heure où ils s'étaient quittés à Grandchamp jusqu'au moment ou ils s'étaient retrouvés au café Foy.

Il insista surtout sur ce qu'il savait de l'hôtel de Saint-Venant, grâce à l'indiscrétion de Joseph.

— Cet hotel de la rue de Verneuil, dit-il à Gilbert en terminant, c'est, voyez-vous, ni plus ni moins qu'une caverne à scélérats. Les hommes, les femmes, les domestiques qui y sont, ça ne vaut rien de rien, croyez-moi.

— Mais vous ne savez donc pas, demanda Gilbert, que c'est pour avoir pris la défense de madame la comtesse de Saint-Venant et de sa nièce que je me bats en duel demain ?

Polygonne regarda Gilbert avec une stupéfaction évidente; il finit par dire:

— C'est cependant vrai, je ne vous ai pas encore demandé le motif de la querelle au café ; je m'en suis mêlé, sans savoir de quoi il s'agissait. Expliquons nous enfin : vous dites que le marquis disait du mal de la comtesse de Saint-Venant et de sa nièce ?

— Des choses affreuses, d'odieuses calomnies.

— Hum ! hum ! fit le grognard; et c'est afin d'empêcher le marquis de continuer à calomnier la comtesse que vous l'avez souffleté ?

— Seulement pour cela.

— Eh bien, dit Polygonne, il me semble que vous avez eu tort, en souffletant le marquis au lieu de lui demander une explication. Je ne sais ce qu'il a dit, mais il devait être dans le vrai. Quant à vous je crois que vous vous êtes fait le champion d'une très mauvaise cause.

— Jamais ! dit Gilbert avec humeur; madame de Saint-Venant et sa nièce sont des femmes très honorables, dont je répondrais comme de moi-même.

Ne répondez que de vous, M. Gilbert, croyez en ma vieille expérience, dit Polygonne. Cette affaire n'est claire sous aucun rapport, j'y vois trouble, peut-être double; mais ce dont je suis certain, c'est que sans pouvoir nommer ceux qui ont comploté votre mort, c'est à l'hôtel de Saint-Venant que le projet de vous faire assassiner a été conçu; Joseph, l'intendant, a été très explicite à ce sujet, vous devriez voir cet homme. A prix d'or, vous pourriez peut-être lui arracher les noms de vos ennemis, il les connaît.

— Dix heures et demie, il est trop tard ce soir, dit Gilbert.

— Il n'est jamais trop tard pour bien faire.

— Et puis, à quoi cela servirait-il ? Quelles que soient les choses que pourrait me dire ton Joseph, rien ne saurait empêcher le duel après ce qui s'est passé.

— C'est vrai, dit Polygonne.

— Eh bien, je verrai Joseph demain.

— Une autre chose m'étonne encore dans cette affaire, reprit le grognard.

— Quoi?

— Je vous ai écrit d'ici, de l'hôtel de la Paix, il y a deux jours, une lettre anonyme pour vous informer du danger que vous couriez et vous engager à la prudence. Qu'est devenue cette lettre, que j'ai mise moi-même à la poste?

— Je ne l'ai pas reçue. Il faudra interroger le facteur qui fait le service dans ce quartier, dit Gilbert.

— Que pensez-vous de Gaspard ? demanda tout à coup Polygonne au fils de son bienfaiteur.

— Gaspard ! A quel propos me faites-vous cette question, Polygonne ? répondit Gilbert.

— C'est qu'au sujet de la lettre égarée je serais d'avis qu'il serait beaucoup plus simple d'interroger Gaspard que le facteur. Sauf à vous déplaire, je veux, je dois vous dire ce que je pense ; M. Gaspard m'est très suspect, et je vous dirai, sans y aller par quatre chemins, que je l'accuse, de connivence avec le garçon de l'hôtel, d'avoir intercepté la lettre que je vous ai écrite.

— Polygonne, dit sèchement Gilbert en haussant les épaules, vous êtes libre de penser de celui que j'aime comme un frère tout le mal que vous voudrez, je ne puis vous en empêcher, mais je vous défends, sous aucun prétexte, de formuler devant moi, et surtout en vous adressant à moi, des pensées et des soupçons comme ceux que vous venez d'énoncer.

Polygonne tressaillit comme fait un cheval de race sous un coup de fouet dont il ne s'explique pas la cause ; puis, ayant réfléchi sans doute, il se contenta de hausser les épaules comme son jeune maître. Ce fut, quoiqu'il eût le cœur bien gros et la tête très près du bonnet, la seule réponse qu'il fit au trop généreux jeune homme, qui ne l'avait jamais traité comme il venait de le faire.

— Ce lieu vous paraît-il convenable ?

Un silence embarrassant et contraint régnait depuis quelques instants entre les deux acteurs de cette scène, tous deux très mécontents l'un de l'autre et se boudant, quand on frappa à la porte, qui s'ouvrit aussitôt pour livrer passage à Gaspard.

— Eh bien ? lui demanda Gilbert.

Gaspard était le premier témoin de Gilbert pour le duel du lendemain. Celui-ci lui avait donné pleins pouvoirs pour s'entendre avec les témoins du marquis du Leste.

L'hypocrite personnage revenait de s'entendre avec le marquis et le baron sur la façon dont il devait, entre eux trois, assassiner Gilbert, le lendemain.

— Eh bien, répondit-il à celui qu'il considérait déjà comme sa victime, le marquis a choisi le pistolet.

— Tonnerre ! laissa échapper Polygonne.

— Après ? fit froidement Gilbert.

— Vous vous battrez avec des pistolets de tir neufs, à quarante pas de distance, et en tirant tous deux à la fois. Ces conditions te conviennent-elles ?

— Elles sont très raisonnables, ie les accepte, dit Gilbert ; maintenant, mon cher Polygonne, voulez-vous être mon second témoin ?

— Comment donc, monsieur Gilbert, ce sera un grand honneur pour moi.

Tout ainsi convenu, Gilbert pria ses amis de le laisser seul. Ceux-ci s'empressèrent de se retirer.

— Allons, rien n'est encore désespéré, dit Polygonne, en regagnant sa chambre. M. Gilbert tire admirablement le pistolet. Demain, je serai sur le terrain, et j'aurai l'œil à ce que toutes les chances de combat soient bien égales pour les deux combattants.

— Imbécile que j'ai été un instant, fit Gaspard en se déshabillant pour se mettre au lit, comment n'ai-je pas eu de suite l'esprit de comprendre le parti que l'on pouvait tirer de la présence de Polygonne sur le terrain ? Nous étions convenus, le marquis, le baron et moi, de ne pas mettre de balle dans le pistolet de Gilbert, de façon à rendre le tir de ce dernier inoffensif. La présence du grognard qui, bien certainement, voudra qu'on procède régulièrement en toute chose, rendra cette supercherie impraticable. Tant mieux ! Gilbert et le marquis sont à peu près de même force au pistolet, il est très probable qu'ils se tueront tous les deux, de sorte qu'en perdant ce cher Justin, que je soupçonne fort d'être tant soit peu mon frère, nous perdons un membre partageant de notre association, et ce n'est pas un mal.

Sur cette hideuse réflexion, Gaspard souffla sa bougie et se souhaita une bonne nuit et un heureux lendemain.

Resté seul, que fit Gilbert ? comment passa-t-il cette nuit, qui pouvait être la dernière de sa vie ? Mystère, entre lui et Dieu.

. . . .

L'heure fixée pour le sanglant rendez-vous était sept heures du matin. Les deux adversaires devaient se rencontrer, accompagnés de leurs témoins, dans le bois de Boulogne, avenue de la Muette.

A six heures, Gaspard et Polygonne pénétrèrent dans la chambre de Gilbert. Celui-ci était levé et habillé. Sans être gai, il était souriant. S'il pensait à Alphonsine, en ce moment, il s'étudiait à refouler ce souvenir au plus profond de son cœur, afin de paraître plus digne et plus sûr de lui, car, depuis la confidence du grognard, il était convaincu que du Leste était une sorte de spadassin, et que la partie serait des plus sérieuses.

C'était cette conviction qui l'avait décidé, sauf à déroger, à prendre Polygonne pour second témoin. Il avait pensé, avec raison, que le grognard s'acquitterait de sa mission en soldat; c'est-à-dire qu'aucun détail, qui pourrait échapper à l'ignorance de Gaspard, et tendant à égaliser les chances du combat, ne serait négligé par lui.

Polygonne était froid et majestueux. Vu la gravité de la circonstance, il avait fixé sa poitrine de sa décoration. Gaspard feignait une douloureuse émotion.

— Il est six heures, partons, dit Gilbert à ses témoins.

— Oui, partons, dit Polygonne, nous avons encore des pistolets et des munitions à acheter.

Gilbert et ses témoins montèrent en voiture, à la porte de l'hôtel, au grand ébahissement du garçon, qui était aussi étonné de les voir ensemble que de voir Polygonne, qu'il avait toujours cru être un domestique, tout aussi bien décoré que le major Beaujeu lui-même.

Sur le boulevard, Polygonne fit arrêter la voiture devant la porte d'un armurier en renom, chez lequel il acheta des pistolets et des munitions. Il eut encore soin de se munir d'une déclaration de l'armurier, attestant que les pistolets étaient parfaitement neufs, qu'ils n'avaient même pas été flambés.

Cette opération terminée Polygonne donna ses instructions au cocher, la voiture prit, au grand trot, le chemin du bois de Boulogne, qui, alors, était en faveur, pour tout arrangement peu amiable.

On était au mois de mai, la matinée était splendide, le soleil radieux, le bois tout gouttelant des perles fines de la rosée bienfaisante des nuits. La nature entière, en robe d'apparat, semblait convier l'humanité à une fête printanière.... Des hommes qui vont à un égorgement peuvent-ils faire attention à tous ces charmants détails...? Non, en présence de toutes ces merveilles, qu'ils sont déjà peut-être condamnés à ne bientôt plus voir, sans doute qu'ils sentiraient mollir leur courage, et, sans perdre de leur férocité, ils perdraient peut-être beaucoup de leur sang-froid.

Imitons-les. Laissons les roses aux buissons, les lierres aux troncs noueux des chênes, ne troublons pas les suaves mélodies des chantres des bois, n'écoutons pas la colombe appelant amoureusement le ramier, et passons.

Les voitures des deux adversaires, à une demi-minute près, s'arrêtèrent ensemble sur l'avenue de la Muette.

Du Leste, gai, joyeux, pimpant, fanfaron même, était descendu le premier de son gracieux coupé, conduit par les magnifiques chevaux qu'on lui connaît.

Quand il vit Polygonne *et ses pistolets* descendre de la voiture de son adversaire, il se sentit froid au cœur, pâlit, puis fronça les sourcils.

Une seconde lui avait suffi pour comprendre l'influence que la présence de Polygonne allait exercer, à son préjudice, sur les préparatifs du duel.

Allons, se dit-il, ce n'est plus un assassinat, mais un duel sérieux, tant pis...? Niais que j'ai été, n'aurais-je pas dû prévoir ce qui arrive, Gilbert ne connaissant guère à Paris que Gaspard et cet homme et choisir l'épée?

Du Leste avait eu plusieurs duels sérieux (ainsi qu'il appelait des rencontres loyales), il était brave, et, sans tuer des papillons au vol, à coups de pistolet, comme le disait le baron, il était assez habile tireur pour ne jamais manquer à brûler la cervelle à un adversaire à une distance de trente à quarante pas.

Ce jour, malgré tous les avantages que nous venons de dire, il ne se sentait pas dans son assiette habituelle, et malgré lui sentait son assurance l'abandonner.

La présence de cet homme me sera fatale, se dit-il encore.

Remettre la partie ou en changer les conditions, fi donc ! Le marquis eut le bon goût de ne pas mêmey penser. Il tenait trop à paraître bon gentilhomme pour commettre une telle vilenie ou accepter de l'office des témoins un arrangement sur le terrain.

L'impression fâcheuse produite par l'apparition inattendue de Polygonne sur le marquis du Leste ne dura visiblement qu'une seconde; Gaspard seul, à qui rien n'échappait, peut-être parce qu'il lisait dans la pensée de chacun, le remarqua.

— Diantre, se dit-il, le marquis n'est pas sûr de lui.

M. de Saint-Eve, s'adressant aux témoins de Gilbert, leur dit :

— Ce lieu vous paraît-il convenable?

Polygonne et M. de Saint-Eve, le terrain ayant été choisi, mesuraient les quarante pas, qui devaient séparer les combattants. Sauf à froisser la susceptibilité des autres témoins, le grognard avait déclaré qu'il entendait au moins assister à la charge des armes. Gaspard et le second témoin de du Leste attendaient.

Enfin Polygonne revint, suivi de M. de Saint-Eve, qui ne demandait qu'à ce que les combattants s'entretuassent,

— Allons, quels pistolets choisit-on? dit Polygonne en revenant près des trois autres témoins, qui se regardèrent, sans lui répondre.

— Très bien, ne parlez pas tous à la fois, reprit Polygonne. Alors voici ce qu'on va faire; on va charger les quatre pistolets, et le hasard les mettra entre les mains des combattants, demandez à ceux-ci si cet arrangement leur va?

Pendant que Gaspard et de Saint-Eve allaient consulter leurs mandants, Polygonne, qui pensait à tout, examinait, en connaisseur, les armes apportées par le baron.

— Allons, très bien, ces pistolets sont neufs, se dit-il à lui-même, son inspection terminée.

Les pistolets furent flambés et chargés par Polygonne. Celui-ci ne mit pas un grain de poudre, un atome de papier de plus dans l'un que dans l'autre, les coups de baguette donnés sur les charges furent en nombre égal, et frappés de la même façon pour toutes les armes.

M. de Saint-Eve et Gaspard, en présence de si méticuleuses précautions, et comprenant que, dans l'affaire, le grognard se conduisait avec un esprit de justice évident, ne songèrent même pas à lui faire la moindre objection. C'eût été se dénoncer, et ils eussent été bien reçus. Quant au quatrième témoin, il était venu là comme il serait allé dans la loge d'une danseuse ou ailleurs. C'était un de ces êtres indifférents qui ne s'attachent sérieusement, et avec un suprême égoïsme, qu'à ce qui les concerne. Que lui importait que le duel fût un assas-

sinat ou un combat loyal et régulier? Sa vie ne se trouvait en rien en jeu dans l'affaire. Du Leste, en choisissant un tel homme pour témoin, avait bien pensé que cette nullité ne remplirait même pas, par l'attention apportée aux diverses opérations à faire et tacitement, aucun des devoirs de sa pénible mission.

Les armes bien et dûment chargées, Polygonne jeta une pièce de cinq francs en l'air, en disant :

— Voyons, à pile ou face, celui des deux combattants qui choisira un pistolet le premier.

Le baron de Saint-Eve dit, avant que la pièce ne fût retombée à terre :

— Pile pour le marquis.

La pièce tomba pile. Alors les quatre témoins s'emparèrent chacun d'un pistolet, et Polygonne cria au marquis (les deux combattants étaient déjà à quelque distance des témoins placés pour tirer)

— M. le marquis, c'est à vous de parler le premier : quel est celui de nous quatre qui doit vous porter un pistolet? Ces messieurs et moi en avons chacun un dans la main cachée derrière notre dos.

Pendant les préliminaires que nous venons de détailler le marquis s'était parfaitement remis de sa fâcheuse et primitive émotion, sa confiance en lui lui était revenue.

— Vous, dit-il sans sourciller à Polygonne.

Le grognard lui porta un pistolet, pendant que M. de Saint-Eve, désigné par Gilbert, en portait un à ce dernier.

En s'abordant, Polygonne et le marquis échangèrent un regard de haine. Toujours est il que le grognard ne put constater que les préparatifs d'un combat sérieux avaient fait pâlir le marquis.

— Allons, se dit-il, en allant reprendre sa place parmi les témoins, cet homme est plus brave que je ne pensais. Si c'est un spadassin, les chances du duel, réglées comme j'ai fait, il n'aura toujours pour lui que son adresse, et Gilbert tire très-bien.

— Attention! cria enfin Polygonne aux combattants ; M. Gaspard va compter jusqu'à trois. A trois, vous tirerez ensemble ;

Espacez bien également les cris, M. Gaspard, dit encore Polygone à celui-ci.

Les deux adversaires se tenaient ajustés.

— Un ! deux ! trois ! fit Gaspard, en ayant soin de tenir compte de la recommandation de Polygonne.

Les deux adversaires tirèrent de façon à ce que les deux coups de feu ne firent qu'une détonation, et tombèrent tous deux presque aussitôt comme foudroyés, sans avoir ni l'un ni l'autre jeté le moindre cri.

— Ca y est, se dit Gaspard avec une cupide allégresse. Au reste, je l'avais prédit ; cela ne pouvait arriver autrement. Vive Polygonne, sang-dieu ! sans lui Gilbert n'eût été qu'assassiné, et du Leste, ce grugeur de capitaux, vivrait encore.

Les témoins coururent aux combattants, rejoints par un médecin, que du Leste avait amené, et qui ne sortit du coupé de ce dernier qu'en entendant les deux coups de feu.

Le corps de du Leste présentait un spectacle hideux et n'était plus reconnaissable ; la balle avait atteint le front, fait sauter le crâne et éparpillé la cervelle, en plusieurs endroits ; autour du marquis, l'herbe fraîche et verte était constellée de taches de sang, la mort avait été instantanée.

Il n'y a rien à faire qu'à enlever le cadavre, dit l'homme de l'art, en se dirigeant vers l'endroit où gisait le second combattant.

Gilbert avait une balle dans le flanc droit. Ce projectile avait dû faire des ravages intérieurs graves dans l'organisme ; car le blessé s'était subitement et complètement évanoui ; mais il respirait encore et sans une trop grande oppression.

Après un premier examen.

— L'opération sera douloureuse ; la guérison lente et laborieuse ; mais on peut sauver cet homme, dit le docteur qui était une de nos sommités chirurgicales. Qu'on le ramène à Paris, je vais l'accompagner.

L'arrêt du docteur fit blémir Gaspard. Il n'eut de présence d'esprit que pour se faire cette réflexion:

— Allons, l'affaire est encore manquée, pour cette fois...! maladroit de marquis...!

M. de Saint-Eve partageait le trouble et la désolation de son complice.

— Deux cent mille francs..., se disait-il, un complice entreprenant de moins, et l'ennemi mis sur ses gardes pour longtemps. Encore une fois il va me falloir démonter et changer mes batteries. Décidément je périrai à la peine ; car je me fais vieux. Quel imbécile que ce du Leste !

Maladroit ! imbécile ! digne oraison funèbre d'un homme de la trempe du marquis.

Quant à Polygonne, il jubilait, et ne sachant plus au juste ce qu'il faisait ou disait, il se pencha à l'oreille du docteur et lui dit :

— Cet homme est le fils d'un millionnaire, sauvez-le, et...

Le praticien, se retournant vers le grognard, l'arrêta court par un regard froid, dédaigneux, presque irrité.

Gaspard ayant besoin de se concerter avec ses complices ne voulut pas encombrer la voiture dans laquelle Gilbert était étendu ; il revint à pied

à Paris, où il rentra avec M. de Saint-Eve. Leur première visite fut pour l'hôtel de Saint-Venant.

XV

Gaspard avait dit : l'affaire est encore manquée pour cette fois. Mais l'hypocrite cupide et ambitieux n'était pas homme pour un simple échec à renoncer à une fortune princière, et à la possession d'Alphonsine, qu'il aimait, mais seulement par jalousie, et parce que la jeune fille aimait son cousin.

La Saint-Fard et le baron n'étaient pas des complices à décourager Gaspard, au contraire, ils devaient le stimuler par tous les moyens.

Ce dernier, aussitôt qu'il fut à l'hôtel de Saint-Venant, en présence de la comtese et du baron, commença par leur dire à voix très basse :

— Cet oratoire n'est pas sûr, allons ailleurs, dans la chambre de madame. Là, il nous faudra parler bas, et je m'expliquerai ; jusqu'à ce que nous y soyons, rien que des banalités ; il faut être plus prudent que jamais.

Le désir de Gaspard fut aussitôt mis à exécution. Les trois complices gagnèrent la chambre á coucher de la Saint-Venant, en causant de la pluie et du beau temps, de tout, hormis de leurs projets comme il venait d'être convenu.

Ce jour-là, M. Joseph, qui était à son poste, en fut pour ses frais, et soupçonna M. Gaspard d'être plus fin que lui, tout en s'accusant d'avoir parlé trop tôt.

Une fois que Gaspard se crut, ainsi que ses amis, à l'abri de toute indiscrétion, dans la chambre à coucher de sa mère, il ne fit pas longtemps attendre ses doléances.

— Nous sommes des niais, dit-il tout à coup, et sans autre préambule. Comment, nous complotons des crimes qui peuvent nous faire monter sur l'échafaud, ou nous faire fourrer au bagne pour le restant de nos jours, au choix de nos juges, et nous n'avons même pas la prudence élémentaire de bien nous cacher, de nous tenir à distance de toute oreille indiscrète et de parler bas. Mais c'est de la folie toute pure, et nous serions pris, qu'on devrait plutôt nous envoyer à Charenton qu'ailleurs. Le guet-apens dans lequel nous devions faire tomber Gilbert ce matin a été éventé; il y a deux jours, Gilbert recevait une lettre qui le prévenait, d'une façon très claire, de ce que nous manigancions contre lui, heureusement, j'ai intercepté cette lettre; sans quoi, il est presque certain que le duel n'eût même pas eu lieu. D'un autre côté, Polygonne, un homme très dévoué à la famille Gilbert, était aussi bien informé de nos projets que s'il eût fait partie de la conspiration, et ne s'est pas gêné, le moins du monde, pour dire, en plein café, au marquis, qu'il était un assassin. Sans cette scène et celles qui ont suivi, entre Gilbert et Polygonne, jamais le premier n'eût songé à prendre le grognard pour témoin, puisqu'il m'avait d'abord prié de lui en chercher et de lui en trouver un parmi mes anciens camarades du quartier Latin; j'eusse si bien choisi, qu'à l'heure qu'il est Gilbert serait mort et le marquis parmi nous.

— Ce pauvre Justin, dit la comtesse, sans doute pour faire acte d'amour maternel.

— Oh ne perdons pas de temps à le pleurer et à lui dire des *De profundis*, dit Gaspard. Vous lui ferez dire des messes à toutes vos paroisses, comtesse, et n'en parlons plus. Les inconvénients que je viens de dire ne sont pas les seuls qui résultent de notre aveugle confiance, je devrais dire de notre bêtise.

—Qu'est-ce qu'il y a encore? demanda M. de St-Eve.

— Il y a que Gilbert ne croit plus à rien de ce qui lui inspirait de la confiance et de l'estime autrefois. Il doute de madame la comtesse, et je lui suis suspect.

— La confiance lui reviendra avec la santé, dit St-Eve.

— En quoi voyez-vous qu'il soit si nécessaire que Gilbert revienne à la santé? demanda sèchement la comtesse au baron.

— Très bien, madame, bravo! dit Gaspard. C'est cela de l'énergie. Je suis de votre avis. Non, il ne faut pas que Gilbert revienne à la santé et se relève convalescent du lit de douleur sur lequel il est étendu. J'ai déjà trouvé un moyen de l'y faire expirer. Non par un assassinat vulgaire, par le poignard et le couteau, ce serait impossible, avant deux jours Gilbert aura toujours autour de lui deux ou trois garde-malades aux yeux d'argus, mais un suicide naturel et indiscutable. En un mot, il nous faut agir de façon à désespérer Gilbert, au point de lui faire enlever l'appareil posé sur sa blessure. Quant à cela, je m'en charge, et comme je ne veux point que mon projet s'ébruite, comme les précédents, je le garde pour moi. Revenons à notre conversation.

Il nous faut faire une enquête minutieuse sur la façon dont on a pénétré nos secrets.

Quand il a été question du duel de du Leste contre Gilbert, vous n'étiez que trois, le marquis et vous deux.

— Moi, je n'ai rien dit, fit le baron; en toute chose, mon chapeau ne sait même jamais ce que pense ma tête.

— Je n'ai rien dit non plus, fit la comtesse.

— Et moi, reprit Gaspard, je garantis que du Leste et moi n'avons rien dit. Le marquis était en affaires sérieuses discret comme la tombe, même à notre égard. Il ne nous disait jamais ce qu'il ne pouvait pas faire autrement de nous confier. Et il faisait bien. Quant à ma discrétion, vous me connaissez. Au reste, je dois le dire, je n'ai jamais soupçonné aucun membre de l'association d'avoir parlé, mais voici ce que je suppose :

La discussion a eu lieu dans l'oratoire, et l'oratoire que nous croyons sûr et sourd n'est qu'une lanterne.

— Les murs sont épais pourtant, dit le baron.

— Et on ne peut y arriver, ajouta la comtesse, que par un salon, dans lequel je ne laisse jamais personne.

— Ce ne sont pas là des raisons, dit Gaspard; je suis convaincu de ce que j'avance; d'une façon ou d'une autre, par les fenêtres ou par la cheminée, faisant fonction de cornet acoutisque, on a entendu ce que vous avez dit, et c'est un grand malheur.

— Mais qui serait l'indiscret, suivant vous? demanda le baron.

— Je soupçonne Joseph, répondit Gaspard, mais je ne suis sûr de rien. Attendons, ne changeons rien à l'oratoire, afin de ne pas éveiller l'attention de l'écouteur et du bavard. Contentons-nous de ne plus nous réunir dans l'oratoire, mais ici; de cette façon, notre homme supposera tout simplement que nous n'avons plus aucun motif pour comploter. Quant à le découvrir, je me charge encore de ce soin; si l'intrus a pénétré nos secrets, il me le payera cher.

—Passons à autre chose, et vous, baron, préparez-vous une dernière fois à délier les cordons de votre bourse.

— Encore? soupira M. de Saint-Eve.

— Dame, que diantre voulez-vous que nous fassions ici d'une fille aussi embarrassante que Camille? je vous le demande, Gilbert, que nous devons considérer comme un homme mort, puisque je me charge de le tuer, étant dans l'état où il est, à quoi mademoiselle Don Juan peut-elle nous servir, si ce n'est à nous gêner?

— C'est vrai, dit la Saint-Venant.

— D'autant mieux qu'elle est très pénétrante, et que la mort du marquis, le duel, en un mot, pourraît bien lui faire concevoir des soupçons, si elle n'en a déjà, fit Gaspard.

— Sans doute, mais..., commença le baron.

— Mais quoi ?

— Je commence à croire que je finirai par dépenser beaucoup plus que je ne recevrai de cette affaire Noël, dans laquelle il y a déjà eu tant de sang versé inutilement.

— Dans le sang, nous y sommes, à cette heure, jusqu'au cou, dit sèchement Gaspard ; mais ce n'est pas le moment de nous en apercevoir et d'abandonner l'affaire.

— Non, dit la comtesse.

— Alors il nous faut congédier Camille.

— De suite.

— Et la payer, dit Gaspard.

— Il faut que je paye les dettes et les sottises de tout le monde, grommela le baron.

— Gaspard feignit de ne pas l'entendre, et dit :

— On a promis cent mille francs à Camille.

— Du diable, si je les lui donne, se récria le baron, presque avec colère.

— Qui vous parle de les lui donner? Ce serait nous mettre dans de beaux draps.

— A la bonne heure.

— Il faut payer Camille, mais de façon à ce qu'elle ait intérêt à se taire et à ne pas nous compromettre.

— C'est au moins prudent, dit la comtesse.

— Cent mille francs à cinq pour cent, dit Gaspard, produisent cinq mille francs de rente.

— C'est cela, dit Saint-Eve, une rente viagère, j'en suis; de cette façon nous la tiendrons. Gaspard, vous ne jetez pas l'argent par les fenêtres, vous avez raison, et irez loin.

— Cette conclusion sera-t-elle du goût de Camille, répondit la comtesse.

— Faites-la appeler, nous allons voir, dit Gaspard.

La comtesse sonna et donna ses ordres pour faire venir Camille.

Quelques instants plus tard le domestique venait lui dire que la Don Juan avait quitté l'hôtel, la veille, à dix heures, et n'était pas rentrée depuis.

Quoique la subite disparition de Camille ne contrariât en rien les desseins du criminel trio, Gaspard ni ses amis ne pouvaient s'expliquer pourquoi Camille, qu'ils considéraient comme une femme d'argent, les avaient ainsi abandonnés d'elle-même, au risque de perdre les cent mille francs qui lui avaient été promis si elle exécutait ponctuellement les clauses de son marché.

— Sans doute, dit Gaspard à ce sujet, que la

Don Juan, en apprenant, à la fois, le duel de du Leste, la mort de ce dernier et la fâcheuse situation de Gilbert, aura conçu quelques soupçons contre nous. Elle aura peut-être même compris que nous en voulions à Gilbert, c'est pourquoi elle se sera enfuie, afin de ne point rester exposée à passer pour notre complice, et à être traitée comme telle, si nous étions découverts par la police. Je verrai cette fille, et je saurai m'arranger de façon à la contraindre à ne pas nous nuir. Au reste, ce n'est là dans notre affaire qu'un simple incident de détail. L'important est de prendre une décision quant à la conduite à tenir vis-à-vis de M. Noël et de mademoiselle Alphonsine Beaujeu ; je vais écrire à M. Noël, en termes si pressants, qu'il ne pourra faire autrement que de venir à Paris. Une fois qu'il aura laissé sa nièce seule à Grandchamp, j'irai et je sais bien ce qui s'y passera. Nous allons nous quitter, nos relations doivent être suspendues pour un temps, jusqu'à ce que nous ayons découvert celui qui, ayant surpris nos secrets, a ébruité l'affaire du duel, deux jours avant que la provocation n'ait eu lieu. Si pour m'arranger avec Camille, j'ai besoin de quelques fonds, je les ferai prendre chez vous, cher baron. Veuillez, je vous prie, les tenir à ma disposition.

Sur cette conclusion, qui fit pousser un soupir au baron, les trois complices se séparèrent, assez peu enchantés des premiers résultats du duel, sur lequel ils avaient tant compté.

Seul, Gaspard, qui avait foi en lui, et qui savait ce qu'il voulait faire, ne doutait pas de l'avenir. Au contraire.

. . . .

Au château de Grandchamp, tout le monde vivait calme, et au milieu d'une tranquillité qui, si elle n'était le bonheur complet, en était presque un équivalent. Alphonsine, seule, semblait en proie à une profonde tristesse, qui résultait de la peine que lui causait l'éloignement de Gilbert, mais il était à supposer que le temps finirait par avoir raison de cet accès de mélancolie. Au reste, M. Noël, à ce sujet, était bien disposé à ne pas prolonger l'épreuve, de façon à sérieusement affecter Alphonsine. Il comptait faire revenir son fils, aussitôt que sa nièce le lui demanderait. Le plus tourmenté à Grandchamp, quoiqu'il ne le fît point voir, était Gibon. Il avait reçu une lettre très laconique et très obscure de Polygonne, dans laquelle ce dernier lui demandait de l'argent, et l'informait que des dangers sérieux menaçaient Gilbert.

Gibon, l'infortuné Gibon, se mettait l'esprit à la torture pour deviner quels étaient les dangers qui menaçaient le fils de son bienfaiteur ; il souffrait les tourments d'une cruelle indécision à savoir s'il devait abandonner Alphonsine et courir à Paris. Il ne disait rien, peut-être imprudemment, afin de ne pas alarmer personne.

Son supplice qui ouvrait, devant lui, le vaste champ des suppositions les plus saugrenues, ne devait cependant pas durer longtemps.

Un matin la réalité, froide, nue, terrible, n'admettant plus aucune espèce d'hésitation, devait se dresser devant les hôtes de Grandchamp, et les désespérer d'un seul coup.

Un matin, M. Noël fit appeler Gibon dans son cabinet. Celui-ci s'aperçut de suite que l'industriel était dans un état affreux d'agitation. Pâle, les traits bouleversés, il effraya presque le grognard qui, de suite, supposa la vérité : qu'un nouveau malheur menaçait la famille de celui à qui il était dévoué corps et âme.

— Qu'avez-vous ? que se passe-t-il, M. de Noël ? demanda-t-il, en entrant dans le cabinet du malheureux père.

— Silence, Gibon, sois prudent, il faut qu'avant tout Alphonsine ne sache rien. Cette nouvelle la tuerait.

— Mais qu'est-ce que c'est donc ? demanda Gibon.

— Tiens, lis.

M. Noël tendit à son vieil ami la lettre qu'il venait de recevoir de Paris, et qui était signée de Gaspard. Il était facile de voir qu'il ne se sentait ni la force ni le courage de donner une explication de vive voix.

Gibon lut :

« Mon cher Monsieur Noël,

« J'ai une bien triste nouvelle à vous apprendre. Gilbert, pour une querelle survenue dans un café, et dans laquelle il a fini par être l'agresseur, en souffletant son adversaire, s'est battu, hier, en duel, au pistolet. Polygonne, qui vous expliquera sa présence à Paris, et moi, lui servions de témoins, c'est assez vous dire que les choses se sont passées conformément aux lois de l'honneur et de la loyauté, le résultat du combat l'affirme malheureusement trop. Aucun arrangement n'ayant été possible, M. Gilbert a tué son adversaire et a été lui-même très dangereusement blessé. Le docteur, un des plus fameux médecins de Paris, répond de lui, mais sa position n'en est pas moins des plus alarmantes. Je crois que vous feriez bien de venir à Paris. Si vous n'y venez pas, veuillez, je vous prie, m'écrire un mot, que je vous envoie tous les détails de cette déplorable affaire,

et vous tienne au courant des événements, qui pourront survenir.

« Vous savez que j'aime Gilbert comme un frère, c'est assez vous dire combien je suis péniblement affecté de ce qui arrive. Il m'est aussi très pénible d'être forcé de vous apprendre la sinistre et sanglante nouvelle. Cependant, je vous le répète, rien n'est encore désespéré. Venez, et vous trouverez en moi un homme dévoué, prêt à partager tous vos chagrins, si cuisants qu'ils soient.

« GASPARD. »

En post-scriptum :

« Tout ce que vous dit M. Gaspard est la plus exacte vérité, monsieur Noël, venez, venez donc. Votre présence ici ne sauvera certainement pas M. Gilbert, dont la vie, somme toute, n'est pas sérieusement menacée, mais je suis convaincu qu'elle portera remède ou préviendra peut-être bien des malheurs.

« Votre bien dévoué, pour la vie, monsieur Noël,

« POLYGONNE. »

La présence de M. Noël à Paris, devant singulièrement faciliter la réussite des projets de Gaspard sur Alphonsine, ce misérable, avait songé à tout ; sachant combien était grande la confiance que M. Noël accordait aux deux compagnons d'armes, il avait fait écrire, à Polygonne, le post-scriptum que l'on vient de lire, sans que celui-ci supposât qu'il contribuait à tendre un nouveau piège à ses amis de Grandchamp. Au contraire, le grognard, augura bien de la confiance que Gaspard lui témoignait, en lui communiquant la lettre qu'il écrivait à M. Noël.

Le post-scriptum de Polygonne produisit l'effet que Gaspard en attendait. Gibon et M. Noël furent convaincus.

— Il faut que je parte, dit M. Noël, que je parte à l'instant même. Vous resterez ici, Gibon, vous veillerez sur Alphonsine, vous serez un père pour elle. Vous me le promettez ?

— Je vous le jure, répondit le soldat profondément ému, et sans hésiter un instant devant l'importante responsabilité qui allait reposer entièrement sur lui. Mais je me demande comment mademoiselle Alphonsine va apprendre la nouvelle de votre départ précipité. Il faut trouver une cause à votre voyage.

— Je dirai à Alphonsine qu'un de mes correspondants de Paris m'informe qu'un de mes clients de la même localité est sur le point de faire une faillite importante, dans laquelle je pourrais perdre beaucoup, qu'il faut, que sur-le-champ je me transporte sur les lieux, pour prendre certaines mesures indispensables. Vous aurez soin de lui parler dans le même sens, tout pourra parfaitement s'arranger.

M. Noël et Gibon convinrent encore de certains arrangements de détail ; puis, pendant que celui-ci faisait les préparatifs pour le départ précipité de celui qu'il considérait comme son bienfaiteur, le premier alla annoncer à sa façon la nouvelle qui l'obligeait à se rendre incontinent à Paris à sa nièce.

Il était très pénible pour M. Noël de faire un mensonge et de tromper sa nièce. Il était si cruellement affecté de la nouvelle qu'il venait de recevoir, son émotion était si grande, qu'il faillit vingt fois éclater et dire la vérité à Alphonsine. Il n'en fut rien pourtant, et il se comporta pendant ce long et difficile entretien absolument comme il s'était proposé de le faire. Quant à Alphonsine, elle n'avait que de bonnes raisons pour croire à la sincérité de son oncle. Emue, agitée, elle fut bien des fois sur le point de demander à M. Noël à l'accompagner à Paris. Elle n'osa, attendant que son oncle lui en fît même la proposition ; mais elle attendit en vain, et son état de surexcitation l'empêcha de s'apercevoir de celui du père de son cher Gilbert, auprès duquel elle n'était peut-être pas fâchée de voir M. Noël.

Enfin celui-ci partit le cœur profondément ulcéré et presque enclin à des pressentiments décourageants, car, quoiqu'il n'en eût rien laissé paraître, il soupçonnait fort l'accident arrivé à Gilbert de n'être que la suite des catastrophes, ou plutôt des crimes dont sa famille était depuis si longtemps victime.

En quittant Grandchamp, il y laissait Alphonsine désespérée et Gibon inquiet. Mais ce dernier était bien décidé, à la moindre complication, de faire naître chez sa protégée le désir de rejoindre Gilbert à Paris. Il était convaincu qu'à Paris allait probablement s'engager une lutte entre M. Noël et ses ennemis, que là, seulement, il pourrait être utile à ceux qu'il aimait.

Ainsi qu'à M. Noël, ce duel de Gilbert, qui n'était nullement batailleur, qui n'avait jamais eu une discussion sérieuse, pendant les six ou huit ans qu'ils avaient voyagé ensemble, lui avait paru très extraordinaire et lui avait suggéré de nombreuses réflexions. Lui aussi, comme l'industriel, il avait, en partie, mis le doigt sur la vérité.

XVI

ALPHONSINE SÉRIEUSEMENT EXPOSÉE

L'arrivée de M. Noël à Paris mit Gaspard dans une secrète jubilation. Il installa l'industriel à l'hôtel de la Paix, en lui cédant sa propre chambre, qui faisait partie, comme on sait, de l'appartement occupé par le blessé. Bientôt Gilbert qui, en proie à une fièvre terrible et au délire, n'avait pas reconnu son père, eut pour le soigner des amis véritablement dignes de ce dernier titre. Polygonne et Pyramide se dévouèrent sans se ménager en rien pour seconder l'infortuné père, dans la mission pénible qu'il s'était imposée en venant à Paris.

Gaspard laissa passer quelques jours avant de poursuivre l'exécution de ses projets. On a sans doute déjà compris qu'il avait l'intention bien arrêtée de faire un voyage à Grandchamp.

Il n'avait attiré son bienfaiteur à Paris que pour l'éloigner d'Alphonsine, espérant profiter ensuite de l'isolement de la jeune fille, et s'en rendre facilement maître.

Le misérable n'avait pas oublié que mademoiselle Beaujeu lui avait préféré Gilbert, et il avait à cœur de se venger de cette préférence qui, depuis longtemps, excitait son envieuse jalousie au point de lui mettre au cœur une passion véritable qui n'était, en quelque sorte, ni de l'amour ni de la haine.

En cette circonstance, dominé par sa passion, Gaspard écoutait bien plus sa haine et ses désirs effrénés de vengeance que la voix de la prudence ; c'était à la satisfaction de ces désirs qu'il allait, s'il ne réussissait pas, sacrifier les intérêts de la criminelle association dont il faisait partie.

En effet, le crime brutal et odieux qu'il méditait de commettre sur Alphonsine ne pouvait que changer en haine et mépris l'amitié et l'estime de MM. Noël père et fils, qu'il avait dû conquérir à force d'hypocrisie.

A la vérité Gaspard pensait bien que ceux-ci ne sauraient jamais rien de ce crime, pour l'excellente raison qu'il espérait que des assassins à sa solde le débarrasseraient, pendant qu'il ferait le voyage de Grandchamp, de Gilbert et de son père.

« En agissant ainsi, les Noël morts, se disait l'assassin, Alphonsine héritera de son oncle, et je saurai bien la forcer à m'épouser après l'avoir séduite. Avec du temps et un peu d'adresse, je parviendrai bien, à ses yeux, à mettre ce dernier acte de violence sur le compte de l'excès de la passion et à me faire pardonner. »

— Gaspard! répéta Alphonsine.

Gaspard avait depuis longtemps un prétexte pour s'éloigner de Paris, sans que M. Noël en fût surpris ou étonné. C'était même ce dernier et le soin de ses affaires, qui devaient lui fournir les moyens d'aller à Grandchamp.

M. Noël — et Gaspard le savait, — avait juste à ce moment des capitaux importants, — six cent mille francs environ — gravement compromis à Bruxelles, dans une maison qui menaçait de sombrer. L'industriel, en allant adroitement aux renseignements, avait recueilli sur elle de sinistres témoignages, et l'affaire pressait d'urgence, s'il ne voulait perdre entièrement les fonds déjà singulièrement aventurés.

Un jour que Gilbert ressentait un mieux sensible, que M. Noël en était d'autant moins inquiet, et avait par conséquent l'esprit plus libre pour penser à ses affaires d'intérêts, Gaspard en profita pour lui parler de l'affaire de Bruxelles, qui l'avait sérieusement préoccupé, jusqu'au jour où toute son attention s'était concentrée sur son fils, à la suite de l'accident survenu à ce dernier.

Oh! mon Dieu! que voulez-vous, Gaspard, lui répondit l'industriel millionnaire; six cent mille francs sont évidemment un joli denier, mais il en adviendra que pourra, je ne puis pas, pour une somme d'argent si importante qu'elle soit, quitter Paris et abandonner mon fils.

— Si vous avez en moi une assez grande confiance, reprit Gaspard, et que vous vouliez me confier le soin de cette affaire, je puis, sans difficultés, aller à Bruxelles.

— C'est vrai, dit M. Noël, j'accepte votre proposition de grand cœur, Gaspard, et vous pouvez vous vanter de me rendre un service signalé. A Bruxelles, vous agirez comme vous l'entendrez, ce que vous ferez sera bien fait; j'ai en vous la plus grande confiance, et j'ai très bonne opinion de l'entendement que vous avez des affaires. Je vais aujourd'hui vous faire mettre en règle, comme mon fondé de pouvoir, et vous partirez aussitôt que vous voudrez, le plus tôt sera, je crois, le meilleur; cette affaire a déjà beaucoup trainé depuis quinze jours que je suis à Paris.

— Je partirai aujourd'hui même, répliqua Gaspard.

En effet, le soir du même jour, celui-ci, muni de la procuration de M. Noël, quittait Paris. Avant de s'en éloigner, il avait eu une longue entrevue avec M. de Saint-Eve.

L'entretien s'était terminé par ces mots, prononcés par ce dernier, donnant une dernière poignée de main à son complice :

— C'est très audacieux ce que vous voulez faire, Gaspard ; en cette circonstance, je vois que vous n'agissez pas avec votre prudence habituelle, mais vous avez raison : certaines affaires ne peuvent souvent être menées à bonne fin qu'à force d'audace. Comme, quoi qu'il en soit, il faut toujours que nous nous débarrassions des Noël, que cette manière de procéder satisfait mes désirs, entre dans mes moyens et sert à merveille les intérêts de l'association, vous pouvez compter sur moi pour découvrir des gens qui feront le coup ; j'ai toujours quelque gibier de potence sous la main. Avez-vous bien embrassé M. Noël, en le quittant, et lui avez-vous serré la main bien affectueusement ?

— Pourquoi ?

— Parce que lui et son fils ne seront plus de ce monde à votre retour de Bruxelles.

— Je ne serai pas plus de quinze jours absent.

— Ça ne fait rien, répliqua Saint-Eve ; la chose peut se faire en quelques minutes. Une heure a suffi pour apoplectiser le grand-père de Gilbert, une nuit, Mme Noël est morte empoisonnée, et du Leste a poignardé le colonel Beaujeu, un terrible celui-là, en une minute.

— Vous me rassurez, en parlant de la sorte, dit Gaspard, eh bien, baron, si vous réalisez la promesse que vous venez de me faire, je vous garantis qu'avant six mois vous aurez votre part des fortunes que vous convoitez depuis si longtemps

— Que le diable vous entende, Gaspard.

Deux ou trois jours plus tard, ce dernier arrivait à Bruxelles.

Gaspard, comme M. Noël l'a dit, avait un grand entendement des affaires, tant en droit qu'en pratique administrative. Quelques jours lui suffirent pour, suivant son expression, tirer au clair la position financière de M. Noël vis-à-vis de ses clients belges. Avec une habileté peu commune, il obtint, à la dernière heure, une transaction avantageuse et parfaitement garantie, par laquelle M. Noël ne perdait que deux cent mille francs, au lieu de six cent mille, qu'il eût immanquablement perdus, si son mandataire eût seulement différé son voyage de quelques jours.

Ce résultat obtenu et communiqué à Paris, Gaspard quitta Bruxelles et la Belgique sans en informer M. Noël. Il rentrait en France, pour se rendre à Grandchamp, où, bien certainement, personne ne l'attendait.

On était au 10 juin, la journée avait été horriblement chaude et très fatigante. Vers le soir, l'atmosphère s'était épaissie, l'air était lourd, comme oppressant. Un orage était inévitable, les différents symptômes que nous venons de dire ne laissaient aucun doute à ce sujet. Les arbres s'inclinaient mollement, sans qu'il y eût la moindre brise. Les feuilles étaient toutes retournées, ternes et recoquevillées, comme si elles eussent souffert. Les oiseaux qui, d'ordinaire, égayaient les ombrages de Grandchamp, étaient tous si bien cachés, qu'on eût dit qu'ils avaient disparu de la création. Les hirondelles seules traversaient l'air d'un vol brusque et empressé, en poussant des cris aigus et en rasant le sol. Le ciel était sombre, d'un gris de plomb ; des nuages menaçants avaient depuis longtemps mis un voile au soleil, et s'amoncelaient comme de formidables bastions aériens.

Mademoiselle Beaujeu était assise dans un petit salon du rez-de-chaussée, Gibon était auprès d'elle et lui tenait compagnie. Nous nous servons de cette expression triviale, parce qu'Alphonsine ne souffrait pas que le grognard la quittât, sous aucun prétexte. Quoique la tâche fût délicate pour un homme de cinquante-six ans, qui avait passé les deux tiers de sa vie dans les bivacs et sur les champs de bataille, Gibon était le seul *être*, à Grandchamp qui pût consoler Alphonsine, et lui faire trouver moins dures les heures qu'elle passait dans l'isolement.

Ce jour-là, la belle jeune fille était encore plus triste que les autres, l'état de l'atmosphère, opérant sans doute sur elle, comme sur toutes les personnes délicates ou excessivement nerveuses; elle paraissait alanguie et souffrante, comme les plantes que Gibon l'aidait à cultiver dans le parterre.

— Chose étrange… dit-elle tout à coup à demi-voix, comme si elle eût seulement parlé pour elle-même.

— Quoi? demanda Gibon.

— Gilbert est à Paris depuis quarante jours, il est parti le 30 avril, répondit mademoiselle Beaujeu.

— C'est vrai, dit le grognard, peiné de voir Alphonsine revenir sur le seul sujet de conversation dont elle voulut s'entretenir.

— Et Gilbert ne m'a encore écrit qu'une fois, le 3 mai.

— Mais M. Noël vous écrit tous les deux jours, fit observer le grognard.

— C'est vrai, mais M. Noël ce n'est pas Gilbert… et… Oh ! mon Dieu !

Cette dernière exclamation avait été arrachée à la jeune fille par la lueur d'un éclair gigantesque, qui avait comme embrasé le ciel et la terre. Ce fut comme un signal. Aussitôt la foudre retentit avec un épouvantable fracas. Au même instant, comme de large gouttes de pluie commençaient à tomber, la chaise de poste de M. Noël, enlevée par quatre chevaux vigoureux, lancés à fond de train, franchissait la grille de la cour d'honneur.

— Grand Dieu! mon oncle...! s'écria Alphonsine, en reconnaissant la voiture de M. Noël.

Elle se leva pour s'élancer hors du petit salon d'été où se passait la scène que nous venons de décrire, afin de courir au-devant de celui qu'elle aimait comme un second père. Gibon avait déjà ouvert machinalement une fenêtre; singulière façon, il est vrai, de recevoir l'industriel... mais la pluie tombait à torrents.

Au milieu d'une averse, Gibon vit descendre de voiture un tout autre personnage que celui qu'avait nommé Alphonsine.

— M. Gaspard! s'écria Gibon, avant qu'Alphonsine n'eut le temps de traverser le salon.

— Gaspard! répéta Alphonsine avec une sorte d'épouvante.

Ce dernier n'était pas effrayé comme Alphonsine, mais il ressentait également cette commotion aussi violente que désagréable que l'on éprouve en se trouvant subitement, et d'une façon inattendue, en présence d'un ennemi. Pourquoi...? Puisque Gibon n'avait jamais considéré Gaspard comme un ennemi.

Pâles, impressionnés, sans raison plausible, Gibon et Alphonsine échangèrent un regard, qui, lui aussi, n'eut que la durée d'un éclair; car bientôt la même pensée leur vint à tous deux. Gaspard venait de Paris, puisqu'il arrivait dans la voiture de M. Noël, et sans doute il apportait des nouvelles.

Du premier abord, Gibon et Alphonsine comprirent qu'il se passait quelque chose d'extraordinaire à Paris et que Gaspard venait leur annoncer une mauvaise nouvelle. Celui-ci avait parfaitement l'attitude d'un oiseau de mauvais augure, et ni Alphonsine ni le grognard n'osaient l'interroger. Cette contrainte, ce silence qui régnait entre eux avait quelque chose de sinistre.

Au dehors, l'orage continuait à se développer avec une fureur croissante. La foudre et les éclairs se succédaient avec une effrayante rapidité, et avec la pluie, faisaient un fracas épouvantable.

Gaspard avait donné l'ordre de ne point dételer les chevaux; les postillons s'étaient seulement mis à l'abri. Qu'est-ce que cela signifiait?

Le nouvel arrivant l'expliqua enfin:

— Gilbert se meurt, il désire, mademoiselle Alphonsine, vous voir, avant de rendre le dernier soupir, et M. Noël m'envoie vous chercher.

Gaspard avait craint qu'une aussi affreuse nouvelle ne terrassât la jeune fille, il n'en fut rien ce-

pendant; l'horrible coup qui la frappait lui donna au contraire une énergie qu'on n'était pas en droit d'attendre de son tempérament. Sur-le-champ elle conçut la pensée que sa présence à Paris pouvait sauver Gilbert; et cette espérance, disons cette conviction, devait lui donner le courage de surmonter sa douleur. Une surexcitation virile, qui dénotait combien son cœur renfermait de tendresse et de dévouement pour Gilbert la poussait ne avant.

— Gilbert se meurt! s'écria-t-elle, je pars de suite; Gibon, dites à ma femme de chambre de tout préparer pour le départ: elle m'accompagnera.

— Et moi aussi, je vais partir, pensa le grognard, car tout cela me semble très louche; attendu qu'hier encore je suis allé à Château-Renaud, chercher la lettre de Polygonne, qui me disait: M. Gilbert va mieux et ne court aucun danger sérieux. Singulier... singulier, tout cela...!

Les préparatifs de départ furent bientôt faits, pendant que Gaspard ordonnait de retirer deux chevaux à la chaise de poste. Cette mesure devait faciliter l'exécution de ses projets.

La nuit vient vite, surtout par un temps d'orage. Elle était déjà épaisse, brumeuse et noire, quand Gaspard et les deux voyageuses, Alphonsine et sa femme de chambre montèrent en voiture. Gaspard avait pris ses mesures. La domestique ne devait être en rien un obstacle à ses projets; elle avait pris un narcotique puissant à son dernier repas à Grandchamp. Ce repas fait à la hâte avait précédé le départ de quelques instants.

Mademoiselle Beaujeu, trop affligée pour penser à quoi que ce soit, avait du reste une excellente raison pour ne rien craindre: Gibon avait eu le temps de lui dire qu'il partait devant, et qu'après Château-Renaud, il se contenterait de suivre la voiture pour veiller sur elle jusqu'à Paris. A Château-Renaud, il voulait surveiller la conduite de Claude et de Gaspard, qui, tous deux, lui étaient plus que suspects.

Il était à son poste depuis vingt minutes environ quand arriva la chaise de poste qui conduisait les trois voyageurs.

Les chevaux furent aussitôt changés. Un fait étonna Gibon et ne fit que grandir ses soupçons. Malgré le temps affreux, ce fut Claude lui-même, le maître de poste, ce qui ne lui arrivait jamais, qui monta à cheval pour conduire.

— Ah! j'y suis, se dit Gibon, pendant que la chaise de poste s'éloignait, et en regagnant l'endroit où il avait laissé son cheval; devant tout autre que Claude, Gaspard n'eût pas été libre de faire ce qu'il eût voulu. Celui-ci a donc de mauvaises intentions, et Claude est son complice; de sorte que le moment du danger venu, j'aurai deux ennemis au lieu d'un sur les bras... Qu'importe? Les scélérats sont lâches.

Sur cette conclusion, Gibon remonta à cheval et eut bientôt rejoint le briska; il s'en tint à une certaine distance, de façon à ce que ceux qui l'occupaient ne pussent entendre le bruit du galop de son cheval, et par conséquent supposer sa présence.

Au deuxième et troisième relais, il s'assura que Claude n'abandonnait point la conduite des chevaux, fait grave, et qui ne fit que confirmer ses craintes. On dépassa Tours.

Alphonsine, en proie aux plus désolantes réflexions, songeait au malheureux sort de Gilbert. Par moments, elle laissait échapper un geste d'impatience; elle avait tellement hâte d'arriver à Paris, qu'il lui semblait que la voiture n'avançait pas, quoiqu'elle fût lancée à une allure très respectable.

Gaspard ne la dérangea pas de sa rêverie. Enfoui, dans l'un des coins de la voiture, tout en feignant de réfléchir de son côté, il épiait la jeune fille et s'exhortait au courage; c'est à la lâcheté que nous devrions dire.

Il laissa passer Tours. Lui aussi était impatient. Il avait hâte d'engager une lutte décisive, dont le succès ne lui semblait par douteux contre cette jeune fille, qu'il sentait frémissante auprès de lui, qu'il savait belle et qu'il aimait presque. Il désirait la posséder d'autant plus vivement que chaque pas que parcourait la voiture rapprochait cette femme de Gilbert, d'un rival ardemment aimé, qu'il avait en horreur.

Alphonsine n'ayant pas eu le courage de manger avant de partir, n'avait pas bu du narcotique que le misérable hypocrite avait préparé aussi bien pour elle que pour Françoise. Qu'importait à Gaspard? Une fois que la voiture serait en pleine forêt, la jeune fille ne serait-elle pas entièrement en sa puissance? N'était-il pas fort, fermement décidé à commettre un crime atroce et brutal? Que pourrait Alphonsine, faible et délicate, contre lui? Enfin, à la rigueur, ne pouvait-il pas compter sur le secours de Claude, qui ne valait pas mieux que lui.

A onze heures environ, le briska s'engagea dans la forêt du Plessis.

La nuit était si sombre, sous ces gigantesques ombrages, qu'on eût pu croire que le véhicule s'enfonçait dans un four. Le moment d'agir était venu.

— Alphonsine, dit-il en poussant légèrement du coude celle à qui il s'adressait, à quoi pensez-vous?

— A la terrible situation de Gilbert, répondit franchement la jeune fille. A quoi voudriez-vous donc que je pense?

— Ecoutez, reprit Gaspard déjà irrité de la façon dont la jeune fille avouait ingénument son amour pour le fils de M. Noël; il faudrait pour un instant que vous pensiez à autre chose, et que vous prêtiez là plus grande attention à ce que je vais vous dire ; au reste, ce que je vais vous raconter est tellement intéressant que je suis convaincu que quand vous en aurez seulement entendu deux mots vous serez tout oreilles. Gilbert, comme je vous l'ai annoncé, en arrivant à Grandchamp, est véritablement à toute extrémité. Cependant, je sais un remède pour le guérir promptement. Gilbert s'est battu en duel, a tué son adversaire et a été très grièvement blessé par ce dernier. Le duel a eu lieu pour une femme...

— Oh! mon Dieu! s'écria Alphonsine, en se voilant la face et en éclatant en sanglots, ne parlez pas si haut, ma femme de chambre pourrait nous entendre.

— C'est impossible, dit Gaspard, elle dort d'un si profond sommeil que la foudre, tombant sur cette voiture, ne la réveillerait pas, et la tuerait sans qu'elle sorte de l'état de léthargie dans lequel elle se trouve. J'ai prévu cette scène, car j'étais bien décidé à avoir une explication avec vous, avant d'arriver à Paris; aussi, ai-je eu soin de faire prendre à cette fille un narcotique assez puissant pour l'endormir pendant vingt-quatre heures au moins. En ce moment, elle est sous l'influence de la soporifique boisson.

Alphonsine effrayée du ton singulier dont Gaspard lui parlait et de sa façon d'endormir la femme de chambre, fit un mouvement pour s'éloigner de son interlocuteur et s'enfuir dans le coin de la voiture opposé à celui contre lequel Gaspard se tenait appuyé. Cependant, poussée par cette impérieuse curiosité qui, dans l'adversité, nous fait si ardemment désirer la solution malheureuse d'un chagrin seulement pressenti, elle reprit l'entretien :

— Continuez, je vous prie, Gaspard.

— Je disais donc, reprit l'hypocrite, que le duel avait eu lieu pour une femme ; une femme, dont tout Paris parlait, et de laquelle Gilbert s'est violemment épris.

— Comment, Gilbert, aimer une autre femme que moi ! s'écria Alphonsine, mais il me trompait donc !

— Non, il y a deux mois, et à Grandchamp, reprit Gaspard, Gilbert ne vous trompait pas. Du reste, vous le connaissez aussi bien que moi, et vous savez qu'il est incapable de tromper quelqu'un. Quand il vous disait qu'il vous aimait c'est qu'il était intimement convaincu qu'il vous aimait. Il prenait pour de l'amour une tendre affection née depuis l'enfance. Il savait combien son père désirait un mariage entre vous et lui, et vous savez que, pour tout au monde, Gilbert n'eût pas causé une contrariété à son père, surtout au sujet d'un mariage que lui-même croyait propre à assurer son bonheur; car, je suis bien sûr que vous êtes au monde la femme qu'il estime le plus. Mais entre l'amour et l'estime, il y a une grande différence; Gilbert qui n'avait jamais aimé ne le comprit, et ne raisonna pas le sentiment qu'il éprouvait pour vous, tout en s'y abandonnant sans réserve, ce qui était dangereux pour vous et pour lui surtout, puisqu'il va en mourir.

— Le malheureux ! s'écria Alphonsine.

— Calmez-vous, mademoiselle; le cas, il est vrai, est on ne peut plus grave, cependant je connais un moyen de guérir notre ami.

— Oh ! lequel ? bien vite lequel ?

— Ce moyen exigera de vous un sacrifice immense.

— Quel qu'il soit, je suis prête à le faire, répondit la généreuse enfant avec une sorte d'enthousiasme.

— Il faudrait renoncer à votre amour pour Gilbert, et...

— Et... quoi encore ? ajouta Alphonsine, prête à défaillir, mais soutenue par une énergie factice dont la réaction devait être terrible, si terrible qu'elle allait peut-être briser l'innocente créature.

Gaspard conserva un long silence; il était arrivé à l'heure difficile d'attaquer. Il se décida à le faire, croyant ne rien risquer.

— Si Gilbert ne vous aime pas, s'il ne vous a jamais aimée, dit-il, je vous aime, moi ; et ce n'est pas d'aujourd'hui.

A cet aveu aussi brutal qu'inattendu, Alphonsine fit un nouveau mouvement pour s'éloigner de Gaspard comme elle eût fait pour un serpent qui eût été sur le point de la toucher.

— Oui, je vous aime ! continua Gaspard; et il y a deux ans, à mon retour de Paris à Grandchamp, vous l'avez compris un instant, car vous m'avez fui avec une persistance qui ne m'a laissé aucun doute à cet égard. Oui, Alphonsine, depuis deux ans, je vous aime d'un amour aussi violent que celui qu'a inspiré mademoiselle de Saint-Venant à Gilbert. Depuis deux ans, je me tais et je souffre, Oh ! oui, je souffre!...

Un instant, il y a quarante jours, j'ai eu le courage et la force de faire un sacrifice immense et généreux : celui de vous fuir, de renoncer à vous. Je quittai Grandchamp et partis pour Paris. Je n'hésitai pas ; de mauvaises pensées, celles d'un crime

étaient venues m'assaillir, j'écoutai la voix de l'honneur et celle de ma conscience. Mais, à cette époque d'abnégation et de dévouement de ma part je croyais comme vous, comme tout le monde, à l'amour de Gilbert, et Gilbert était le fils de mon bienfaiteur; vous l'aimez, je devais pour ces deux raisons, lui céder le pas ; si pénible que fût le sacrifice, je le fis, sans faire monter une plainte jusqu'à vous, sans lui faire un reproche ou une allusion.

Mais aujourd'hui qu'un hasard fatal me rapproche de vous, que je suis convaincu que Gilbert ne vous aime pas, que mon amour a grandi en raison de la résistance que je voulais lui opposer, je n'ai plus ni la force, ni le courage de me sacrifier. J'ai trop souffert, je souffre trop encore.

— Que voulez-vous dire ?

— La vie de Gilbert est en danger, n'est-il pas vrai ?

— Vous le dites au moins, répondit Alphonsine, qui commençait à soupçonner une partie de la trame ourdie par l'hypocrite.

— Je le dis, et c'est vrai.

— Ensuite ?

— Seul, je puis sauver Gilbert, car, seul, je puis agir près de mademoiselle de Saint-Venant qui, seule, je le jure sur l'honneur peut être le salut. Eh bien, pour que je sauve le fils de M. Noël, il faut que vous m'apparteniez.

Alphonsine, stupéfaite, ne put que s'écrier :

— Vous appartenir... Jamais! vous êtes fou.

Il n'y avait encore ni haine, ni colère, dans la voix de la jeune fille.

Elle croyait Gaspard fou, comme elle venait de le dire.

— Jamais!... Je suis fou!... reprit Gaspard d'une voix sifflante, prenez garde ! Alphonsine, nous sommes seuls et au milieu des bois.

— Des menaces ? dit la jeune fille d'un ton superbe et irrité cette fois; vous êtes un lâche, Gaspard.

Le hideux personnage répondit à cette insulte par un sourire. Il se croyait toujours le plus fort.

Plein de cette conviction, Gaspard ne fit même rien pour s'opposer à ce que celle qu'il considérait déjà comme sa victime, se convainquît de son impuissance et de son affreux isolement, qui la mettaient à son entière discrétion.

Mademoiselle Beaujeu, désespérée et comprenant que le misérable serait impitoyable, secoua rudement sa femme de chambre pour la réveiller.

— Cette femme dort, lui dit froidement Gaspard, et je crois vous avoir dit quel moyen j'avais employé pour l'endormir d'un sommeil dont tous vos efforts ne la réveilleront pas.

En effet, Alphonsine s'aperçut qu'elle ne secouait

qu'une masse inerte; elle songea au postillon, avec l'intention de le prier de jeter Gaspard hors de la voiture. Elle ouvrit donc la portière en s'y suspendant des deux bras, et de toutes ses forces, cria d'une voix désespérée :

— Postillon ! Postillon ! arrêtez...

— Oui-dà, répondit Claude en accompagnant ces mots d'un gros rire bruyant; j'ai vraiment bien autre chose à faire, ma belle enfant.

— Ce postillon m'appartient, dit encore Gaspard, et il est payé pour agir comme il fait.

Alphonsine retomba avec découragement ur les coussins de la voiture.

— Vous voyez bien que nous sommes bien seuls, ainsi que je vous le disais il n'y a qu'un instant, dit encore Gaspard, et puisque je suis un lâche, je veux pousser la lâcheté jusqu'au bout.

Il fit un mouvement pour se rapprocher de sa victime et la saisir dans ses bras. Celle-ci se débattit en criant de toutes ses forces.

— Au secours ! au secours !

— Chante, chante, ma tourterelle. Je vous aime, disait Gaspard haletant.

Alphonsine, prévenue de la présence de Gibon, venait d'entendre le bruit du galop d'un cheval, derrière le briska; elle reprit courage et poussa encore un cri, un seul. Une ombre rapide comme le vent de la bourrasque venait de passer sur le côté droit de la voiture. Cette ombre était à cheval et montait une excellente bête, car, en deux temps de galop elle se trouva en tête des chevaux de la voiture.

On entendit ce cri s'adressant à Claude :

— Arrête! misérable! ou je te tue.

Gaspard frémit dans la voiture.

— Ecrasez cet homme, fit-il à Claude.

Celui-ci essaya d'obéir, il n'en eut pas le temps; Gibon, car c'était lui, fit feu; Claude, blessé mortellement, roula sous ses chevaux qui, effrayés par la détonation, s'emportèrent, de sorte que Claude fut en un instant broyé par les roues du lourd briska.

Gaspard avait tout vu et deviné l'homme à qui il avait affaire. Il connaissait Gibon, il se vit perdu. Perdu, s'il voulait lutter désarmé contre un homme armé qui serait sans pitié et le tuerait comme un chien. Perdu, s'il se laissait prendre par cet homme qui, au premier relais, et sans consulter personne, le livrerait à la justice.

Afin d'échapper à l'une ou l'autre de ces deux perspectives, Gaspard, qui était homme d'expédients et ne perdait jamais son sang-froid, songea à s'échapper. Il ouvrit une portière, et quoique la voiture fût lancée à une vertigineuse allure, il tenta de sauter sur la route, mais il y tomba affaissé dans un cloaque de boue, sous le pistolet du grognard qui, ayant entendu ouvrir la portière, avait, à tout événement, arrêté la voiture par un vigoureux *à-coup*.

Gibon était trop exaspéré pour réfléchir au parti à prendre. Du reste, il n'en avait pas le temps. Les chevaux, abandonnés à eux-mêmes, emportaient le briska qui renfermait Alphonsine, à une allure qui pouvait, à chaque pas, devenir dangereuse.

— Ah ! brigand, tu as osé porter la main sur la fille de ton bienfaiteur, sur la fiancée de M. Gilbert qui te traitait comme un frère ! Attends, tu ne commettras plus aucun crime... dit-il.

Gaspard n'attendit pas longtemps. Gibon ne lui donna même pas le quart d'heure de grâce que les bandits d'opéra-comique accordent à leurs victimes en leur disant de bien recommander leur âme à Dieu. Il fit feu en ayant bien soin de viser juste. Il n'était pas d'humeur à brûler de la poudre aux moineaux.

Un gémissement sourd suivit de près la détonation du coup de feu, et Gaspard s'affaissa lourdement pour ne plus se relever. La balle l'avait atteint en pleine poitrine. Lui et Claude mouraient aussi misérablement qu'ils avaient vécu.

Quand Gaspard rendit le dernier soupir, Gibon était déjà loin ; celui-ci avait fait faire volte-face à son cheval, et courait à toute bride après la chaise de poste. Il avait mis son second pistolet à la main. Aussitôt qu'il eût atteint le briska, il fit feu et abattit un des chevaux ; l'autre s'arrêta. Le grognard, ayant mis pied à terre, pût facilement s'en rendre maître.

La partie sanglante et tragique du drame était terminée. En moins d'un quart d'heure, Gibon avait tué deux hommes et un cheval.

— Les deux hommes, tant mieux ! Ce sont deux scélérats de moins ; quant au cheval, on le payera au maître de poste à qui il appartenait, exclama-t-il.

Le frère d'armes de Polygonne et de Pyramide était donc enchanté de sa besogne, et se félicitait surtout d'être arrivé à temps pour sauver la fille de son ancien colonel.

Il pénétra dans la voiture, où il trouva Alphonsine complètement évanouie. Il essaya, mais en vain de lui faire reprendre connaissance ; puis, en homme prudent, il rechargea ses pistolets et les replaça dans ses poches.

Françoise dormait toujours, bien entendu. Cet état de la femme de chambre inspira des soupçons graves à Gibon.

— Comment ! s'écria-t-il avec humeur ; une gaillarde comme cette Françoise, qui est aussi forte qu'une vis de pressoir, s'être évanouie, au lieu de secourir sa maîtresse, et de mettre le Gaspard en pièces à coup d'ongles et à coups de dents. Si cette Françoise était la complice des deux brigands...

Sur cette réflexion, Gibon se mit à secouer la femme de chambre, comme il eût fait d'un arbre dont il eût voulu faire tomber les fruits; soins superflus! Françoise ne se réveilla pas.

— Je ne puis cependant pas lui arracher les bras ou la tête pour la faire revenir à elle, dit Gibon ; mais j'y pense, si cette femme était morte... Gaspard est bien capable de l'avoir tuée, afin de se débarrasser d'un témoin gênant. Oh ! malédiction...! que faire... Allons, je crois que le plus simple, puisque je n'ai rien de ce qu'il faut pour faire reprendre connaissance à Alphonsine, est de lever le pied rondement et de sortir de cette maudite forêt ; au prochain relais je trouverai des secours, ferai ma déclaration, et j'attendrai des nouvelles ou plutôt des ordres de Paris pour continuer ma route.

Aussitôt Gibon arrangea de son mieux les deux femmes, afin que les cahots de la la voiture ne pussent leur causer ni chutes ni contusions ; puis, ayant mis pied à terre, il s'empressa de recomposer un attelage. Ce fut l'affaire d'un instant. Gibon était expéditif, en deux tours de main il eût substitué son cheval de selle au cheval tué, dégagé des traits et débarrassé de ses harnais. Tout était prêt, il s'élança en selle avec la vigueur et l'agilité d'un postillon de vingt ans, après avoir pris ses mesures pour pouvoir de temps à autre jeter par la portière, un coup d'œil dans le véhicule qu'il allait conduire, et qui eut bientôt, grâce au fouet dont Gibon était armé, regagné le temps que nous lui avons vu perdre.

Au premier bourg rencontré, Gibon s'arrêta. Son premier soin fut d'installer mademoiselle Beaujeu, revenue à elle, mais en proie à une fièvre ardente, et mademoiselle Françoise, qui dormait toujours, dans la meilleure chambre du meilleur hôtel de la localité. Un médecin appelé et informé des événements par Gibon, déclara que la femme de chambre avait été endormie à l'aide d'un narcotique violent ; qu'il n'y avait rien à faire, qu'à attendre qu'elle se réveillât.

— Quant à mademoiselle, dit le praticien campagnard en désignant Alphonsine, je ne puis, pour l'instant du moins, rien dire. Il faut attendre que cette première crise soit passée, qu'un bon repos lui ait rendu sa raison. Mais, afin qu'à son réveil, elle trouve à son chevet une figure amie et ne s'ef-

fraie point, il faut que vous ne la quittiez pas ; votre présence la rassurera complètement, sans explication pénible, et ne pourra que lui produire un effet salutaire.

— Oh ! je me soumettrai volontiers à votre prescription, monsieur le docteur ; cette chère enfant, je l'aime tant, fit Gibon avec enthousiasme.

Tout ainsi arrangé, le docteur ordonna une potion calmante et légèrement soporifique, puis se retira. Gibon passa le reste de la nuit à écrire une longue lettre à M. Noël. Il lui racontait les événements accomplis et lui demandait ce qu'il devait faire.

Dès le matin, déclaration régulière des événements était faite à l'autorité compétente.

Trois jours après, Gibon, mademoiselle Beaujeu et Françoise étaient à Paris.

Alphonsine avait été définitivement sauvée en recevant une lettre de Gilbert, qui la suppliait, sur tous les tons et de toutes les manières, de venir le joindre le plus rapidement possible. Au moment de quitter M....., c'était elle qui, la plus impatiente, pressait avec une joyeuse et sautillante énergie les préparatifs de départ.

En cela elle ressemblait peut-être un peu à la mouche du coche; mais elle était si heureuse que..... le souvenir de Gaspard lui-même s'était complètement effacé de sa mémoire.

Gaspard l'hypocrite, le menteur, est mort tragiquement, victime d'une horrible et basse passion ; c'était justice.

Et M. Isaac de Pierrefond de Saint-Ève? Et sa digne complice Constance Pasqualet, de Saint-Fard, de Saint-Venant? Comment finissent-ils... ?

Oh ! mon Dieu ! de la seule façon équitable pour leurs mérites : convaincus d'une nouvelle tentative d'assassinat sur la personne de M. Noël, et d'autres crimes encore, le baron fut condamné à la peine de mort et exécuté; la fausse dévote eut pour lot la réclusion perpétuelle.

Dénouement plus imprévu, mais non moins véridique, Camille, la vierge folle, touchée par la grâce religieuse du repentir, essaya de réparer autant que cela lui était possible ses fautes passées, et pour se soustraire à la vie coupable, quasi criminelle, à laquelle elle craignait de ne pouvoir se soustraire absolument, la pauvre fille ne trouva rien de mieux que de s'asphyxier, et ceci au lendemain de l'arrêt de la cour d'assises qui avait condamné les criminels dont elle avait failli être la complice.

A peu près à la même époque, on commandait

des violons à Grandchamp, et on s'y préparait pour une noce, à laquelle toute la population des environs était conviée.

Les futurs époux étaient Gilbert et Alphonsine.....

Une joie franche et vive se lisait sur tous les visages.

Les deux braves grognards, qu'avait accompagnés leur ami Pyramide, étaient aussi heureux que dans leurs plus grands jours de victoires.

FIN.

———

SUIVRA IMMÉDIATEMENT :

LE CRIME DE GRAND-POINT

NOUVEL ÉPISODE DE

ANGES ET DÉMONS

Saint-Ouen (Seine). — Imprimerie JULES BOYER (Société générale d'Imprimerie).

www.ingramcontent.com/pod-product-compliance
Ingram Content Group UK Ltd.
Pitfield, Milton Keynes, MK11 3LW, UK
UKHW021158220726
13924UKWH00003B/1186